말하기의 잔기술

말하기 능력이
스펙이다

Speaking Ability is Spec

말하기 능력이 스펙이다

초판인쇄	2018년 06월 20일
초판발행	2018년 06월 25일
지은이	김채선
발행인	조현수
펴낸곳	도서출판 더로드
마케팅	최관호 최문섭
IT 마케팅	신성웅
편집교열	맹인남
디자인 디렉터	오종국 Design CREO
ADD	경기도 고양시 일산동구 백석2동 1301-2
	넥스빌오피스텔 904호
전화	031-925-5366~7
팩스	031-925-5368
이메일	provence70@naver.com
등록번호	제2015-000135호
등록	2015년 06월 18일
ISBN	979-11-87340-98-0-03810

정가 15,000원

말하기의 잔기술

말하기 능력이
스펙이다

Speaking Ability is Spec

김채선 지음

도서
출판 **더 로드**
The Road Books

"행동하는 그 순간이 가장 적절한 때이고 시기이다"

이미 늦은 때란 없다. 내가 하고 싶고 진심으로 그 일을 해야 되겠다고 생각하며
행동하는 그 순간이 가장 적절한 때이고 시기이다. 그러니 세상의 모든 사람들이 자기의
꿈을 실현할 수 있는 기회가 있고 누구나 꿈을 이룰 수 있는 것이다.

 나는 살아오면서 많은 사람들에게 은혜
를 입었다. 그 중에서 특별히 네 사람을 꼽자면 변웅전 아나운서와 탤
런트 최불암, 중학교 때 사회선생님과 국어선생님이다. 변웅전과 최불
암 씨는 어릴 때 텔레비전을 통해서 말하기를 잘하고 싶다는 생각 씨
앗을 내 마음에 심어주었다. 그리고 사회선생님은 수업 시간에 말 한
마디로 아나운서에 대한 꿈을 확실하게 다져주었고 국어선생님은 방
송 반을 통해 그 꿈을 실현할 수 있는 실제적인 경험을 하게 해 주셨던
것이다. 이 분들이 아니었다면 지금 내가 무엇을 하고 있을지 상상이
잘 되지 않는다.

 사람은 자기가 하고 싶은 일을 해야 행복하다. 하고 싶은 일을 해야
성공할 수 있다. 가슴이 시키는 일을 찾아내는 게 중요하다. 내게 가슴

이 시키는 일은 바로 대중 앞에서 말을 하고 글을 쓰는 것이었다. 포기하지 않고 꾸준히 노력하며 살다보니 어느 새 그 꿈의 현장에 서있게 되었다.

이미 늦은 때란 없다. 내가 하고 싶고 진심으로 그 일을 해야 되겠다고 생각하며 행동하는 그 순간이 가장 적절한 때이고 시기이다. 그러니 세상의 모든 사람들이 자기의 꿈을 실현할 수 있는 기회가 있고 누구나 꿈을 이룰 수 있는 것이다.

나는 어려서 참으로 내성적이고 소심한 면이 많았다. 친척이나 어른들이 집에 오면 도망을 가거나 아버지 품에 안기기 일쑤였다. 새로운 것에 대한 낯설음이 오래갔고 새로운 사람과 사물에 대해서도 두려움이 많았다. 하지만 이러한 모든 것은 오히려 내가 무대에서 말을 하는데 자극제가 되어 더 열심히 말을 하게 되었고 더 잘 하도록 도와주는 역할을 했다.

말을 잘하는 것은 타고 나는 것이 아니다. 말하기는 후천적으로 노력하면 분명히 잘할 수 있다. 말을 잘하는 것이 타고나는 것이라는 생각에서 벗어나는 순간, 말을 잘하는 부류에 입문하게 되는 것이다.

가진 것이 없고 가방 끈이 짧아도 말하기를 배워서 텔레비전에 나오거나 스타강사가 되어 높은 수익을 올리며 부러움을 사는 사람들이 있다. 말하기를 잘해서 학교 면접시험에 합격하고 말하기를 잘해서 직장에서 승진하는 사람들도 많다. 이제 말하기 하나만으로도 내가 원하는 일과 목표를 쉽게 이루는 세상이 되었다. 말하기를 못하면 생존에 위협을 받기까지 한다. 말하기 능력은 다른 어떤 것보다 강력한 스펙이 된 것이다.

이 책에서 나는 내가 무대나 강의 현장에서 그동안 써 왔던 방법들을 소개했으며 이러한 내용을 통해 한 가지라도 자기 것으로 만들어 실천해 본다면 말하기가 즐거운 일이라는 것을 알 수 있을 것이다. 그리고 그 즐거움을 통해서 독자들이 말하기에 더 관심을 갖고 말하기를 통해 인생을 역전하며 멋진 삶을 살았으면 좋겠다.

한권의 책을 쓴다는 것이 쉽지 않은 일인데 거뜬히 쓸 수 있게 지혜와 능력을 주신 내 안의 크신 분께 무한한 감사를 드린다. 사랑하는 남편과 아들 필립, 딸 지언에게 감사한다. 그리고 감성과 꿈을 잃지 않고 살게 하신, 본향에 계신 그리운 아버지와 언제나 적극적으로 말하기 파트너가 되어 준 어머니, 형제자매 그리고 시부모께 감사드린다. 프로필 사진을 찍어 통 크게 협찬해준 용신이와 추억을 만들어준 많은 사람들, 지지해준 모든 이에게 고마움을 전한다. 첫 작품에 러브콜을 해주시고 큰 사랑 주신 프로방스 대표님께도 감사드린다.

책을 쓰는 시간은 나를 돌아보는 과정이고 나를 성숙하게 하는 과정이었다. 그 속에서 많은 사람들을 만나고 대화했다. 감사함과 행복감이 무한히 솟아나는 소중한 시간이었다. 이 책을 시작으로 계속해서 글을 쓰고 책을 쓰고자 한다. 느낌 아니까.

유년시절 문득 잠깨어 바라본 달빛그림에 반해 다가가려다, 내 손에 만져진 턱턱 갈라진 아버지의 손바닥과 수시로 들리던 고단한 육체의 외침소리는 산다는 것이 눈물이라는 것을 내게 가르쳐 주었다. 그러나 이제는 눈물도 색깔이 있음을 안다. 명도가 낮고 차가운, 슬픔과 아픔의 눈물만 있는 것이 아니라 그 반대로 따뜻하고 감사하는 행복의 눈물도 있다는 것을. 그리고 이 모든 눈물은 내게 다 의미 있고 소중한 눈물이 되었다. 나는 여전히 눈물을 흘릴 것이다. 이 눈물을 통해 만들어진 콘텐츠를 백분 활용하여 사람들에게 스피치로 희망의 날개를 달아줄 것이다.

2018년 5월 비온 뒤 청명한 세상의 한가운데서
김채선

Contents | **차례**

CHAPTER

01

말하기 능력이
스펙이다

말하기 능력은 자신의 능력을 나타내는
가장 강력한 도구이다.
그러니 말하기 능력을 키워라. 요즘 가장 핫한
스펙이 바로 말하기 능력이다.

말하기 능력이 스펙이다

내가 처음으로 텔레비전을 본 것은 일곱 살 때였다. 아버지를 따라 서울 큰집에 가게 되었는데 텔레비전 속에 예쁜 언니가 나왔다. "하나, 하나, 먹고도 하나" 하며 새우깡을 선전하는 모습이 보였다. 리듬을 갖고 노래하고 말하는 모습이 정말 예뻤다. 어쩌면 저렇게 예쁘게 말을 하는 걸까? 어린 마음에 신선한 충격을 받았다. 나도 말을 잘하고 싶다는 생각이 강렬하게 들었다. 서울에서 내려와 집에 도착해서 텔레비전에 나온 언니 흉내를 내며 사람들에게 자랑을 했다. 그리고 시간이 나는 대로 거울을 보며 그 노래를 따라 부르고 예쁜 척을 했다.

동네 다른 어떤 집에도 TV가 없을 때 우리 집에 제일 먼저 TV가 들어왔다. 아버지가 마을 이장이라는 이유로 텔레비전이 생긴 것이다.

업자가 텔레비전을 팔 목적으로 이장 집에 홍보용 텔레비전을 일정 기간 동안 설치했는데 나는 그것도 모르고 우리 집에 텔레비전이 생겨서 하늘을 날아가는 기분이었다.

배삼룡, 구봉서 아저씨의 재미난 코미디도 좋았고 혜은이 언니가 나와서 노래하는 것도 좋았다. 하지만 변웅전 아나운서가 진행하는 『명랑운동회』가 훨씬 재미있었다. 그 아저씨는 말을 또록또록하게 했고 상황에 맞게 말을 잘했다. 변웅전 아저씨는 얼굴도 잘 생겼기 때문에 어린 내 마음을 아주 설레게 하기도 했다. 진행자도 마음에 들고 프로그램이 하도 재미있다보니 일요일에 교회 가는 것을 몇 번씩 빼먹기도 했다.

드라마 중에는 수사반장을 즐겨 봤다. 수사반장인 최불암 아저씨가 멋있었다. 그래서 어느 날 그에게 편지를 썼다. "아저씨, 아저씨가 좋아요. 멋져요. 나도 탤런트 하고 싶은데 좀 시켜 주세요." 그 당시에는 어린이 잡지책에 연예인들의 주소가 있었다. 그것을 참고로 간절한 마음을 적어 편지를 보냈던 것이다. 답장이 오진 않았지만 나도 텔레비전에 나오고 싶었던 마음은 간절했다. 어릴 때부터 말을 잘하면 방송에 나온다는 것을 어렴풋이 알았던 것이다.

많은 사람들 앞에서 말을 하는 것은 아주 어려운 일이다. 한 조사에 따르면 사람들이 가장 두려워하는 것이 대중 앞에서 말하는 것이라고 한다. 심지어 죽음이나 이혼보다 더 많은 공포를 주고 스트레스를 준다는 것이다. 그래서 가능하면 사람들은 무대에 서지 않으려고 한다. 대중 앞에서 말을 하려고 하지 않는다. 그러니 무대에서, 대중 앞에서 말을 잘하는 사람이 얼마나 멋지고 크게 보였을까. 말을 잘하는 사람은 오나가나 인기가 많다. 대중의 사랑을 한 몸에 받고 산다.

오늘날 말을 잘해서 많은 사람들에게 사랑을 받는 사람들은 누굴까? 깊이 생각하지 않아도 답이 바로 나온다. 김미경 강사나 김창옥, 설민석, 유재석, 김제동 등을 들 수가 있다. 김미경 강사는 살아있는 에피소드로 청중을 재미있게 요리한다. 김창옥 강사는 얼굴도 잘생기고 목소리도 멋있다. 연기력도 뛰어나다. 설민석 강사와 유재석은 그 말에 상대를 배려하는 진정성을 보여주는 사람들이다. 그리고 김제동은 호기심 때문에 이 세상에 태어난 사람인양 모든 스피치를 질문으로 풀어내며 사람들에게 재미를 준다. 이들은 한 번 무대에 서면 몇 백씩 벌기도 하고 그 이상의 몸값을 받기도 한다. 단지 말을 잘해서 말이다.

어릴 때부터 텔레비전에 나오고 싶었던 나, 말 잘하는 사람이 부러웠던 나는 꾸준한 노력과 포기하지 않는 힘으로 대중 앞에서 말을 하는 사람이 되었다. 교회 방송실 아나운서를 시작으로 제일 처음 대중 앞에 선 것은 거제문화예술회관 음악회 사회였다. 첫 무대에서 나는 출연료로 이십 만원을 받았다. 약 이십 년 전, 그 돈은 내게 엄청나게 큰돈이었다. 두 시간 무대에 서고 큰돈을 받았다는 생각에 내 자신이 너무 대견하고 자랑스러웠다. 그리고 서서히 크고 작은 많은 무대에 서면서 때로는 무보수나 인사금만 받고, 때로는 몇 십 만원씩 받으며 경력을 쌓았다. 힘들고 어려운 순간도 있었지만 좋아하는 음악을 듣고 높은 출연료도 받을 수 있으니 내게는 천직으로 여겨졌다. 그리고 음악회가 끝나면 많은 사람들이 사회를 잘보고 목소리가 예쁘다고 칭찬을 해 주어서 더 좋았다. 그렇게 나는 이십 년 가까이 여러 무대에서 프리아나운서. MC로 열심히 달려왔다.

창원에서 가장 크고 멋진 공연장인 성산 아트 홀이나 3.15 아트센터, 진주 경남문화예술회관 등에서 수많은 음악회를 진행했다. KBS 창원 홀, 창원 MBC 홀 등에서 행사를 진행했고 창원대학교 입시설명회 사회나 졸업식 입학식 사회도 수차례 보았다. 그 외 경남의 각 지역 문화예술회관 등에서 열리는 크고 작은 행사를 진행했고 지역축제인 함양의 물레방아축제나 산청의 한방약초 축제, 정월대보름 축제 등에서도 활동을 했다. 몇 년 전부터 창원 시에서 주최하는 한여름 밤 시민을 위한 수요음악회도 두 달간씩 맡아서 했다. 내가 속한 문인협회 행사가 있을 때는 서울과 충남대 등 전국적으로 사회를 보러 다니고 있다.

나는 사회를 봐달라고 하면 아파서 누워 있다가도 벌떡 일어나 달려간다. 무대에 서면 아픈 것도 싸악 달아나고 새로운 힘이 생긴다.

무대에서 사람들과 호흡하며 소통하는 삶이 너무나 소중하고 행복하다. 나는 죽는 날까지 무대에서 활동하고 싶다.

나는 또한 십 년 이상 남편과 웅변학원을 운영했고 영. 유아 및 유치부, 초등부, 중등부 학생을 비롯해서 성인을 대상으로 학교나 기관에서 강의를 하고 있다. 주로 스피치와 책출판하기 수업, 웅변, 국어, 한글 수업이다. 시인과 시낭송가로 여러 단체 활동을 하고 있기도 하다. 돌아보면 이제까지 해 온 일이 모두 스피치다. 대중 앞에서 말하기를 즐기며 살아왔다. 내 인생에서 스피치를 빼면 아무것도 없다.

나이가 들수록 무대에 서는 기회가 줄어들기 마련이지만 특이하게도 나는 점점 여러 무대, 여러 행사장에서 러브콜을 받고 있다. 이런 놀라운 모습에는 나만의 열정과 노하우가 있기 때문이다. 무대 앞에만 서면 작아지고 떨려서 고개 숙이는 사람들에게 용기와 에너지를 주고 싶다. 이 책을 읽는 독자들이 만나는 사람들과 즐겁게 이야기 하고 대중 앞에서도 자신 있게 말할 수 있기를 바란다.

또한 가난한 산골 소녀가 어떻게 MC로 활동하며 대중과 스피치 하게 되었는지, 스스로 포기하지 않는 한 꿈은 반드시 이루어진다는 것을 확실하게 알려 주고 싶다. 꿈을 잃고 방황하며 포기하는 사람들에게 다시 일어서라고 토닥거려 주고 싶다.

이제 나는 MC로 많은 사람들에게 얼굴이 알려져 있다. 또한 책을 낸 저자로 얼굴이 알려지면 프리아나운서 MC로서의 몸값도 계속 올라갈 것이다. 몇 백 만원 단위의 몸값으로 오를 것을 기대한다. 강연 자리도 많이 들어올 것이다. 말하기 능력은 다른 어떤 것보다 내 삶을 윤택하게 만들어 주었다. 말하기 능력은 경제력을 갖게 하고 삶의 질을 높이는 멋진 지표이다. 말하기 능력은 이제 일 대 일 관계를 넘어서 자신을 업그레이드할 수 있는 강력한 도구가 되었다.

앞으로 우리는 더 경쟁이 치열한 환경에서 살게 될 것이다. 나 자신을 적극적으로 효과적으로 표현하지 않으면 인정받기 어렵다. 입시와 취업을 위한 면접에서 말을 잘해야 좋은 학교 좋은 직장에 들어갈 수 있다. 직장이나 학교에서도 발표를 잘하는 사람이 대접을 받고 그렇지 못한 사람은 능력이 부족한 사람으로 평가 받는다. 말하기 능력은 자신의 능력을 나타내는 가장 강력한 도구이다. 그러니 말하기 능력을 키워라. 요즘 가장 핫한 스펙이 바로 말하기 능력이다.

02

스피치 안 되는 사람은 매력이 없다

해가 뉘엿뉘엿 넘어가는 오후였다. 수업을 마치고 교문을 나서는데 버스정류장 벤치 위에 선배의 뒷모습이 보였다. 야상점프를 입고 있는 선배의 어깨 위에 후드득 떨어지는 무언가가 있었다. 그에게 가까이 갈수록 쓸쓸함이 보였다. 떼려야 뗄 수 없는 고독함이 덕지덕지 붙어있었다. 울컥 하며 가슴이 시렸다. "선배!"라고 부르자 그가 흠칫 놀라며 나를 바라보았다. 우리는 버스가 오기를 기다리며 몇 마디 이야기를 나누었다. "선배님은 집이 어딘가요?" "발길 닿는 곳이 다 내 집이지." "이번에 졸업여행 가나요? 나는 안 갈려고 했다가 간다고 했어요." "그래? 잘 됐네. 같이 가면 되겠다." 내가 탈 버스가 먼저 와서 인사를 하고 헤어졌다. '발길 닿는 곳이 다 자기 집이라니 어쩜 그렇게 멋진 표현을 하지?' 차창 밖으로 보이는 선배가 멀어질수록 가슴이 쿵쾅거렸다.

　며칠 후 우리 과는 홍도로 졸업여행을 떠났다. 선배가 바로 내 옆자리에 앉았다. 여덟 시간 이상을 배를 타고 갔다. 풍랑이 일어서 예상 시간보다 많이 걸렸다. 여학생들은 하나같이 멀미를 했는데 나만 멀쩡하게 꿋꿋하게 버텼다. 선배는 내가 덕유산 산삼 썩은 물을 마셔서 멀미를 하지 않는다며 웃었다.

　긴 시간 고생한 끝에 우리는 드디어 숙소에 도착했다. 짐을 풀고 저녁을 먹은 후 교수님의 말씀이 끝나자, 우리는 각자에 대한 자기소개를 하고 본격적으로 친목의 시간을 가졌다. 마침 선배가 기타를 메고 왔다. 기타를 치며 몇 곡을 뿜어내는데 가수가 따로 없었다. "아, 가시내! 가시내 !~~" 같이 있던 모든 사람이 그의 기타연주와 노래에 열광했다. 중간 중간 쏟아지는 그의 멘트는 가슴에 콕콕 박히는 시였다. 사람을 들었다 놨다 들었다 놨다 하는 그의 말재주에 모두가 감탄을 했다. 도저히 눈을 뗄 수가 없었다. 그는 단연 그날의 주인공이었다. 특히 나를 비롯한 여학생들은 그에게 뿅 가버렸다.

　신나게 놀던 우리는 게임도 했다. 남학생과 여학생 중에 한 명씩을 골라 신랑 신부 놀이를 하기로 한 것이다. 제비를 뽑은 결과 선배가 신랑에 뽑혔고 다른 여학생이 신부로 뽑혔다. 나는 괜히 심통이 났지만 내색을 할 수가 없었다. 그런데 갑자기 선배가 신랑으로 뽑힌 소감을 말했다. "놀이에서의 신부는 여기 이 친군데, 실제 내 마음은 저 쪽에 가 있습니다."라며 나를 쳐다보았다. 모두의 시선이 동시에 나에게로 와서 나는 얼굴을 들 수가 없었다.

대학에 처음 입학했을 때 4학년 선배 중 나를 잘 챙겨주는 언니가 있었다. 그 언니는 만날 때마다 같이 입학한 친구 중에 정말 멋있고 매력적인 친구가 있다고 했다. 군대 갔는데 곧 복학할 것이라는 등 그에 대해서 많은 얘기를 해 주었다. 나중에 나는 그 선배를 빨리 만나보고 싶을 지경이었다. 그리고 그 기대는 3학년 2학기가 시작되었을 때 과 사무실에서 이루어졌다.

어느 날, 과 사무실 문을 열고 들어갔는데 야상점프를 입은 사람이 신문을 보고 앉아 있었다. 순간 나는 내 눈앞에 있는 사람이 바로 그 멋진 선배라는 것을 직감적으로 알았다. 서로를 바라보는 두 사람 사이에 전류가 흘렀다. 그 후 서로 은밀한 관심을 가지며 지켜보았다. 선배는 수업 시간에 내 옆이나 뒤에 자주 앉았다. 그리고 내게 필기노트를 빌려 달라고 하거나 자꾸 말을 걸며 접근을 했다. 처음에는 피해 다녔지만 시간이 지날수록 친해졌다. 그 사람의 고향이 바로 내 고향과 같았고 볼수록 끌렸기 때문이었다. 그를 만나고 4년 뒤, 결국 우리는 웨딩마치를 울리며 부부가 되었다.

남편은 많은 장점을 가지고 있지만 그 중에 나를 사로잡은 것은 바로 말을 잘하는 것이었다. 말을 할 때 상대방의 마음을 잘 이해하고 상대의 입장에서 생각하며 이야기를 했다. 나와 개인적으로 만날 때도 그랬지만 여러 교우 등 만나는 사람들에게 모두 그랬다. 그의 말에는 따뜻함과 유머가 있었다. 어떤 모임에서든 그는 늘 인기가 많았고 사람들과 대화를 많이 했다. 내가 그와 결혼한 것은 그가 내뿜는 말하기의 매력이 단단히 한 몫을 차지했던 것이다.

말을 잘하는 사람보고 매력이 없다고 하는 사람은 아무도 없을 것이다. 말을 잘하는 사람은 참으로 매력적이다. 그가 얼굴이 잘 생겼거나 못생겼거나 돈이 많거나 적거나 말을 잘하면 사람들의 관심을 받는다. 대화에서 주인이 되고 스피치의 왕이 될 수 있다.

우리가 만나는 사람 중에는 말과 행동에 믿음이 가는 사람이 있다. 저 사람이 말하는 것은 다 옳다거나 저 사람이 없으면 재미가 없어 라는 생각이 드는 사람 말이다. 그런 사람은 공신력이 높은 사람이다. 공신력에는 전문성과 신뢰성 그리고 역동성이 있는데 이것 중 하나만 갖추어도 말을 잘한다는 소리를 들을 수 있다. 다 가질수록 사람들에게 인기가 많다.

말을 할 때 증거를 제시하여 구체적이고 논리적으로 말을 하면 전문가라는 느낌을 줄 수가 있다. 또 안정적인 목소리는 신뢰감을 준다. 진정성 있는 이야기를 하거나 따뜻한 눈빛으로 사람을 바라보면서 말을 하면 신뢰감을 줄 수가 있다. 의상이나 헤어스타일, 장신구 등 분위기에 맞는 깔끔한 모습은 신뢰감을 한층 더 높여 준다. 말을 할 때

역동적이면 매력을 느끼게 한다. 유머 감각이 있어서 사람들을 웃기고 재미있게 하면 아주 매력을 느낀다. 적절한 때 적절한 제스처나 표정 등을 사용해도 사람들은 좋아한다. 또 청중과 스피커 사이에 일정한 공간을 만들면 아주 매력적으로 보인다.

『내 안에 잠든 거인을 깨워라』를 쓴 '토니 라빈스'가 테드 강의하는 동영상을 보았다. 그는 처음부터 끝까지 무대를 장악했다. 자신의 의도와 합치되는 바디랭귀지를 자유자재로 사용했다. 배우가 연기를 하듯이 왔다 갔다 하며 자신이 말하고자 하는 그 곳에 먼저 가 있다. 무대를 부산히 오가며 에너지를 골고루 뿌렸고 계속해서 사람들의 손짓과 대답을 유도하는 방식으로 강연을 했다.

언젠가 김미경 강사가 창원에서 강의할 때 직접 가 본 적이 있다. 사람들이 너무 많이 와서 앉을 자리가 없을 정도로 많은 사람들이 참석을 했다. 남자 사회자가 나와서 여러 가지 멘트와 마술로 분위기를 고조시켰다. 그리고 드디어 김미경 강사가 무대로 나왔다. 김미경 강사는 무대에 나와서 인사를 하고는 곧장 청중을 향해 무대 아래로 내려왔다. 그리고 이쪽저쪽으로 다니며 청중 곁에서 유머를 던지고 질문을 했다. 주거니 받거니 시로 마음을 나누며 대화를 했다. 눈빛 교환을 하며 역동적으로 움직였다. 그녀는 사람들과 하나 되어 사람들의 기분을 확 띄워 주었다.

토니 라빈스나 김미경 강사가 한 쪽에 자리를 딱 잡고 움직이지 않고 말을 했다면 청중의 반응이 그다지 좋지 않았을 것이다. 그들이 왔다 갔다 하며 무대를 적극적으로 활용하고 청중에게 웃음을 주며 함께 강연을 이끌어 나갔기 때문에 사람들이 열광했던 것이다.

말을 잘하는 사람은 언제나 사람들에게 인기가 많다. 현재 말하기에 자신이 없어 고개 숙인 사람이 있는가? 용기를 내기 바란다. 전문성, 신뢰성, 역동성 이 세 가지 중에서 어느 하나만이라도 내 것으로 만들어보자. 당신도 충분히 매력 덩어리로 인기를 누리며 살 수 있다. 스피치 안 되는 사람은 매력이 없다.

03

스피치는 기회다

스피치 능력의 중요성이 빠르게 확산되는 추세에는 사회적 변화도 한몫하고 있다. 몇 년 전 전경련이 내로라하는 직장에 다니는 직장인을 대상으로 업무 수행에 도움이 되는 스펙을 조사한 적이 있다. 그 결과 약 50퍼센트가 스피치라고 대답했다. 또한 주요 스물 한 개 그룹이 지원서류에 학점이나 어학성적을 축소 또는 삭제했다. 그리고 면접과 토론, PT 등의 과정을 신설하거나 강화했다. 뿐만 아니라 공무원 면접에서도 스피치, 집단 토의와 개인 발표가 시행되고 있다. 면접시험 시간도 늘어나고 있는 추세다.

침묵이 금이다, 겸손이 미덕이라는 말이 설득력을 발휘한 시대가 있었지만 이제 더 이상 그 말은 환영받지 못한다. 자신의 의사를 논리적이고 정확하게 발표하는 것이 중요한 능력으로 인정받는 시대인 것이다. 게다가 직급이 높고 사회적 지위가 높아질수록 스피치 능력은 더욱 중요해졌다. 스피치를 피하거나 겁내는 사람은 어떤 자리에도 있을 수가 없다.

중학교 다닐 때 이런 일이 있었다. 미술 숙제가 있었는데 내가 깜박하고 그날 가지고 가지 못했다. 선생님께 부탁을 드렸다. "일부러 안 가지고 온 게 아닙니다. 다음 시간까지 말미를 주시면 꼭 들고 오겠습니다. 한 번만 기회를 주세요." 그러자 선생님이 "말미를 달라고? 그래 말미라는 단어까지 쓰고 좋아. 그럼 다음 시간에 꼭 들고 오도록 하세요."하셨다. 그날 다른 친구들은 다 혼나고 손바닥을 맞았지만 나는 그 위기를 모면했다. 내가 입을 닫고 가만히 있었다면 나도 다른 친구들과 똑같이 혼이 났을 것이다. 그런데 내 생각을 똑 부러지게 표현했더니 선생님이 기회를 더 주신 것이다. 그리고 난 다음 시간에 확실하게 숙제를 갖다 내어 약속을 지켰다.

아들이 저녁을 시켜먹자고 했다. 그래서 "메뉴를 너희들이 정해서 주문을 하면 그렇게 할게."라고 대답했다. 다른 일을 하다가 귀를 기울이니 아들과 딸이 서로 말싸움을 하는 듯 했다. 그래서 주문을 했느냐고 하니 아들이 동생 지언에게 시켰다고 한다. 이유를 물었더니 "엄마, 지언이 이런 거 한 번도 안 해 봤잖아. 이제 지언이도 할 수 있어야지.”라고 말했다, 그러면서 “요즘에 고등학생인데도 음식점에 가면 주문하나 못하는 바보들이 엄청 많다.”라고 했다. 그래서 친구들과 같이 가면 누가 주문하느냐고 하자 “당연히 내가 하지. 애들이 안 하니까 상의해서 할 때도 있지만, 내가 마음에 들고 먹고 싶은 걸로 주문해버려”라고 말했다. 아이들이 컴퓨터나 스마트 폰에 빠져 쓰기와 말하기가 제대로 안된다더니 진짜라는 것을 알았다. 아들의 요청대로 그날 주문은 태어나서 처음으로 딸이 했다. 딸은 말로 음식을 주문하는 연습을 톡톡히 하게 된 것이다.

내 의사를 상대방에게 확실하게 전달하면 나는 내가 원하는 것을 확실하게 얻을 수 있다. 적어도 손해를 보거나 피해를 볼 가능성은 거의 없는 것이다. 내가 입을 벌려 말을 하면 맛있는 음식도 먹을 수 있다. 물론 상대를 보면서 겸손하게 말해야 한다.

그런데 거칠거나 잘못 말하면 낭패를 당하는 일도 생길 수 있다. 나는 학습지 교사를 잠시 하는 동안 단어 하나를 잘못 써서 혼쭐이 난 적이 있다. 같은 아파트 안에 학년이 같은 A , B 두 학생이 있었다. 그런데 두 아이의 엄마는 언니 동생하며 잘 아는 사이였다. A라는 아이는 눈치가 빠르고 너무 어른스러우며 뭐든 알아서 척척 잘했다. B라는 아이는 그에 비해 조금 느리고 하는 게 어렸다. 엄마들의 성격도 아이들과 비슷해서 A의 어머니는 차분하며 무던했고, B의 어머니는 아주 싹싹하지만 말이 좀 많았다.

어느 날 B의 엄마와 딸의 성격 이야기를 하다가 A의 이야기까지 하게 되었다. 나는 나쁜 뜻으로 말한 게 아니라 눈치가 빠르다는 의미를 강조한다는 뜻으로 영악하다는 표현을 사용했다. 이 단어를 듣고 있던 B의 어머니는 아무런 거부반응을 나타내지 않았고 나도 평소처럼 수업을 끝내고 나왔다.

며칠 후, 내가 A의 집에 수업을 갔는데 문이 열려 있었다. 아이의 어머니는 안 보이고 아버지가 불쑥 나왔다. 딸에게 영악하다 했다고 거칠게 항의하며 성을 내었다. 어찌 자기 딸이 영악하냐며 무섭게 나를 몰아세웠다. 나는 결국 사과를 하고 물러났다. 생각해 보니 B의 어머니가 말을 옮긴 것이다. B의 어머니 행동에 너무 화가 나고 충격을 받았다. 그리고 나는 A, B 두 아이의 수업을 그만 두었다. 이 일이 있고나서 말을 할 때는 단어의 선택이 얼마나 중요한지를 새삼 깨달았다.

영악하다를 사전에서 찾아보면 '눈치가 빠르거나 자기 잇속에 맞게 행동하는데 재빠르다' 라고 나와 있다. 앞부분만 보면 나쁜 의미는 아닌데 뒷부분을 보면 들었을 때 정말 기분이 좋지 않은 단어이다. 나는 앞부분을 생각해서 말을 한 것이고 상처를 받은 집의 부모는 뒷부분만을 생각했던 것이다. 어쨌거나 그 사건 이후로 단어를 정확하게 써야 된다는 것을 뼈저리게 느꼈음은 두 말하면 잔소리다.

조금 아는 단어를 가지고 제대로 알지도 못하면서 남이 쓰니까 나도 써야지 하는 생각은 버리는 게 좋다. 이것은 꼭 사야 되는 물건도 없는데 남 따라 장에 가서 충동구매 하고 후회하는 것과 같다. 별 생각 없이 단어를 사용하면 서로에게 상처를 주고 얼굴 붉히는 일이 생길 수 있는 것이다. 스피치는 적절한 단어선택이 필수라는 것을 기억하기 바란다.

남편과 내가 학원을 직접 운영하기 전에 다른 학원에서 교사로 일한 적이 있다. 구인광고를 보고 먼저 전화로 나의 경력을 말하고 열정을 보였다. 전화로 한참 동안 이야기를 주고받던 원장이 같이 일을 해보자며 점심을 사주겠다고 했다. 그래서 직접 만나게 되었는데 나를 선택한 이유가 두 가지 대답 때문이라고 했다. 몇 살이냐고 물었을 때 "꽃띠입니다. 얼굴도 꽃입니다.""저 열심히 잘 할 수 있습니다. 저를 안 쓰시면 손해일 겁니다." 이 말을 들으니 아주 당차게 느껴졌고 과연 어떤 얼굴의 주인공인지 만나고 싶었다는 것이다. 직접 만나니 더 호감이 가고 잘할 것 같다며 바로 취직이 되었다. 나의 취직이 전화한 통화로 바로 된 것은 사람을 끌어들이는 말하기에 있었던 것이다. 스피치는 내게 직장을 선물로 주었다.

스피치는 인생의 굵직굵직한 자리에서 큰 역할을 한다. 내가 직장을 구할 때 말하기를 통해 바로 취직한 것처럼 직장 면접 자리에서 당락을 좌우한다. 또한 회사의 중대한 발표자리나 부서 회의에서도 필요하다. 주어진 내용을 잘 말하지 못했을 때 자존감이 낮아지고 부서를 옮기거나 직장을 그만두기까지 한다. 또 직장에서는 프레젠테이션을 자주 하는데 그 자리에서도 스피치는 아주 중요하다. 스피치 실력 하나로 새로운 일을 딸 수도 있고 놓칠 수도 있는 큰 갈림길에 서게 되기도 한다.

그리고 요즘 많은 사람들이 선호하는 강연에서 강사들은 몇 날 며칠 콘텐츠를 만들고 연습하고 또 연습하며 목숨 걸고 스피치를 한다. 결혼식이나 여러 사회 모임 진행 등 많은 자리에서 스피치의 역할은 엄청나다. 스피치는 우리 삶에서 아주 중요할 때마다 약방의 감초처럼 나타난다. 중요한 자리, 내 삶에 막대한 영향을 주는 자리에서 사람들은 긴장하고 떨지만 잘만 활용하면 인생에 중요한 기회를 잡을 수 있다는 뜻이 되기도 한다.

스피치는 세상에 나를 알릴 수 있는 절호의 기회이다. 기회가 왔을 때 놓치지 말고 확 잡아야 한다. 그러려면 평소에 스피치에 관심을 갖고 미리 준비해야 한다. 깊이 있게 사고하는 훈련과 다양한 독서가 필요하다. 1분 스피치, 5분 스피치를 비롯해서 조금씩 연습해 두자. 가능하면 모임의 회장도 해보고 무대에 많이 서는 연습을 하는 것도 중요하다. 스피치로 당당하게 세상에 나아가는 당신이 되길 바란다.

04

지금은 소통, 공감의 시대이다

백 년 전 서양에서는 엄마와 아기가 신체적으로 접촉하지 못하게 했던 적이 있다. 그래서 면역력이 부족한 아기가 감염되어 죽음에 이르는 경우가 많았다고 한다. 한 의사가 버려진 병원에 있는 아기들을 관찰해 보니 이유 없이 죽어갔다. 당시 유행했던 전염병 때문이 아니라 아기의 의욕상실 때문이었다. 아기가 원했던 것은 소통과 교감이었다. 소통이 이루어지지 않자, 의욕을 잃어 죽음까지 갔다는 것이다.

아이들에게 학교 선생님은 그 인생을 좌우할 만큼 큰 비중을 차지한다. 딸의 초등학교 한 담임을 생각하면 아직도 마음이 시리다. 담임은 아이들에게 사랑과 관심을 주는 타입이 아니었다. 무조건 자기 말에 찍소리 못하게 하는 사람이었다. 말의 권력구조에 단단히 사로잡힌 전형적인 인물이었다.

　대답하라고 해서 대답하면 왜 대답을 하느냐고 꾸중을 했고 말을 안 하면 안 한다고 타박이었다. 영특한 딸은 이래도 꾸중 저래도 꾸중이라는 것을 알고는 너무 답답했다고 한다. 그래서 질문을 하면 아예 말을 하지 않았단다. 또 딸의 얼굴표정이 자기를 비웃는 듯하다는 둥 부모가 어찌 교육을 했느냐는 둥 학생 면전에서 하지 말아야할 온갖 말들을 했다고 한다. 너무 견디기 힘든 딸은 집에 와서 울며 하소연했다. 이건 아니다 싶어 교육청 홈페이지에 글을 올릴까, 교장을 만나 이야기를 할까 온갖 생각이 들었다. 하지만 '가재는 게 편'이라는 것을 알고 그만두었다. 대신 딸과 많은 얘기를 하며 위로해 주었다. 여러 퍼포먼스를 하며 스트레스를 풀 수 있도록 도왔다. 다행히 시간이 지나면서 딸은 마음의 상처를 어느 정도 해결할 수 있었다.

　담임이 조금만 아이들의 입장을 생각하고 차분히 얘기를 들어주었다면 쉽게 해결할 수 있는 일이었다. 그런데 무조건 자기가 선생이고 어른이니 내 말을 들어야 한다는 태도는 아이들의 마음에 상처를 만들기만 할 뿐이었다. 딸과 친구들은 담임과 전혀 공감대가 형성이 되지 않았다. 공감이 안 되니 소통을 할 수가 없었던 것이다. 매일 마주 보는 담임과 공감과 소통이 안 되는 교실에서 생활해야 하는 일은 너무나 고통이었던 것이다.

허준의 동의보감에 통즉불통, 불통즉통이라는 말이 나온다. 막히는 것을 통하게 해주면 아픈 것이 없어지고 막혀서 통하지 아니하면 통증이 생긴다는 의미다. 이 말은 신체건강의 이야기에서 시작되었지만 말하기에서의 소통과 공감을 의미하기도 한다. 의사소통이 안 되면 숨통이 막혀서 죽는 거나 마찬가지다. 우리는 소통이 안돼서 정말 황당할 때, 기가 막히고 코가 막힌다고 한다. 기가 막히고 코가 막힌다는 것은 결국 죽는 것과도 같은 것이다. 숨을 못 쉬면 죽으니 말이다. 의사소통은 그만큼 중요하다.

소통과 공감에 대한 욕망은 본능적이라 할 수 있다. 소통과 공감이 없으면 죽음을 선택하기도 한다. 요즘 사오십 대의 고독사가 종종 신문기사로 나온다. 그들 모두 소통과 공감이 안 돼서 쓸쓸히 죽어간 것이다.

2016년 인천광역시 강화군에 꿈틀리 인생학교가 세워졌고 서울 중랑구에 오디세이 학교가 몇 개 들어섰다. 그리고 올해 4월 2일 창원에도 창원자유학교가 개교했다. 이 학교들의 공통점은 모두 중학교를 졸업한 고교 1학년을 대상으로 고교자유학년제를 위한 위탁교육 공립학교라는 것이다. 이들 학교는 교사의 감시와 통제가 없다. 특정한 교칙도 없다. 필요하다면 아이들이 의논해서 지켜야 할 것들을 만든다. 교사와 학생들이 모두 이름 대신에 자기가 만든 별명을 자유롭게 부른다. 선생님이 반말을 하지 않고 경어를 쓴다. 모두 동등하다는 의미로 '우리는 선생, 너희는 학생, 샘 말을 따라라' 라는 일방적인 지시는 없는 것이다. 아이들은 유쾌하고 자유롭게 마음껏 생활하며 숨 쉰다. 그러니 선생과 학생, 학생과 학생 사이에 공감대 형성이 잘 되고 서로의 마음을 이해하는 소통이 이루어진다.

입시 교육에 지친 아이들과 학부모 때문이라도 이런 학교가 더 많이 생길 것 같다. 하지만 굳이 새로운 의미를 붙여서 만든 학교가 아니라 기존의 학교에서 아이들과 교사가 서로 공감과 소통이 이루어진다면 더 반가울 게 없다.

회사에서도 요즘은 상사들이 무조건 술자리를 만들어서 가자고 하지 않는다. 가자고 해도 젊은 사람들이 그대로 듣지도 않는다. 그래서 상사들은 젊은 사람들의 성향이나 관심을 파악하고 자유를 주기도 한다. 젊은 부하직원들이 좋아하는 트렌드를 읽어서 함께 하려고 애를 많이 쓴다. 예전의 수직적인 관계에서 점차 부하직원들과 친해지고 이야기를 많이 하는 수평적인 관계로 옮겨가고 있는 것이다.

이 소통과 공감은 비단 사람에게만이 아니고 동물이나 식물에게도 큰 영향을 준다. 식물에게 클래식 음악을 틀어준 것과 그렇지 않은 것 중에서 음악을 틀어준 식물이 훨씬 잘 자란다는 연구 결과는 많은 사람이 알고 있는 사실이다.

나는 옥상 텃밭에 많은 채소와 몇 가지 과실수를 키우고 있다. 물도 주고 거름도 준다. 벌레가 생기면 일일이 손으로 잡아주기도 한다. 사람에게 문안하듯이 아침저녁으로, 때로는 시간이 날 때마다 올라가서 그것들을 바라보며 말을 한다. "너희들 정말 예쁘다. 잘 자라라. 지언이랑 필립도 너희들 참 예쁘대." 라며 칭찬의 말을 한다. 내가 키운 채소와 과실들은 우리 가족에게 기쁨과 즐거움을 안겨 준다.

개를 싫어하던 막내 동생이 몇 년 전부터 개를 키우고 있다. 돈이 많이 들고 털이 날리는데 어찌 키우느냐고 했더니 키우다 보니 너무 사랑스럽고 귀엽단다. 아들만 하나인 동생은 그 강아지가 둘째같이 느껴진다고 한다. 어쩌다 혼자 있게 되어도 적적하지 않다고 한다.

현재 학교에서는 학생과 교사가 소통하고 회사에서는 동료끼리 소통하며 살아가고 있다. 개인과 개인을 넘어 소규모의 모임과 회사에서 우리 사회가 공감과 소통의 분위기를 이어가고 있으니 정말 다행이다. 우리가 대중 앞에서 말을 할 때도 이런 소통과 공감이 반드시 필요하다. 말하기에서 소통은 스피커가 청중을 먼저 생각하고 청중의 입장이 되어 그들이 원하는 것을 먼저 알아주는 것이다. 스피커의 입장이 아니라 먼저 청중의 입장을 생각해 주는 것이다. 내 마음을 먼저 열고 진실함을 보여 주자. 그리고 열린 마음으로 청중에게 다가가자. 이런 나의 자세를 청중은 분명히 안다. 그러면 청중도 마음을 열고 스피커와 공감하고 소통하게 되는 것이다.

말하기를 할 때 소통과 공감이 안 되어 고민하고 힘들어 하는 사람이 있는가? 나 중심이 아니라 너 중심의 생각을 하라. 청중을 소중히 여겨라. 청중이 행복해야 스피커가 행복하다. 내려놓는 마음으로 청중에게 따뜻한 마음으로 다가가면 말하기에서도 뻥 뚫리는 기분을 느낄 수 있을 것이다. 소통과 공감의 느낌은 막힌 화장실이 뚫어지는 것보다 더 시원함을 주지 않을까?

05

말이 통하는 사람이 성공한다

당신은 당신 주변에 말이 통하는 사람이 있는가? 있다면 한 명인가 여러 명인가? 한 명도 구하기 힘든데 여러 명이 있다면 당신은 진짜로 복 받은 사람이다. 왜냐하면 생각만큼 살아가는 동안 말이 통하는 사람을 만나기란 쉽지 않은 일이기 때문이다.

내가 한창 행사 준비를 하고 있을 때 초등 저학년이던 딸이 뭐라 뭐라 이야기를 했다. 그런데 일에 정신이 팔려 자세히 듣지 못해서 "뭐라고 했지?"라고 반문했다. 그러자 "엄마는 내 말도 안 듣고 정말 말이 안 통해."라며 방문을 쾅 닫아버렸다. 몇 번의 부딪힘이 있은 후에 안 되겠다 싶어 태도를 바꿨다. 지금은 딸이 이야기를 할 때는 눈을 바라보며 집중해서 반응해 주고 있다.

가장 친한 딸과도 가끔씩 이러는데 직장에서나 다른 사회모임 등 타인을 만날 때는 이런 일이 훨씬 더 많이 일어나게 된다.

작년 6월 옥상 텃밭에 심어 놓은 감자를 캤다. 그리고 그 자리에 아이들이 좋아하는 고구마를 심으려고 아침을 먹고 번개시장에 갔다. 여러 난전을 지나 모종을 파는 가게 앞에 도착했다. 자주 찾는 곳이라 주인아주머니께 인사를 하고 고구마 싹이 들어왔느냐고 물었다. 아주머니는 "오늘 처음 들어왔는데 보여 주께" 하며 상자를 뜯어서 보여 주었다. 한 단에 얼마냐고 물었더니 팔천 원이란다. 작년에는 반 단에 삼천 원에 샀던 기억이 나서 비싸다고 했다. 그리고 옥상에 심을 면적도 좁고 해서 "그럼 반 단만 주세요." 라고 말했다.

그런데 그때 아주머니가 얼굴이 붉으락푸르락 해지면서 냅다 소리를 질렀다. "마순데 아침부터 재수 없는 여자가 붙어서 기분이 억수로 더럽네!" 순간 나는 너무 황당하고 어이가 없어 말을 잊지를 못했다. 생각하니 너무 화가 났다. 공짜로 달라는 것도 아니고 내 돈으로 물건을 사겠다는데 아침부터 왜 욕을 들어야 한단 말인가. 겨우 정신을 가다듬고 말을 했다. "아니, 내가 왜 재수가 없어요? 나는 복 있는 여자니까 재수 없는 여자는 아주머니나 하세요." 내가 여기 처음 온 것도 아니고 자주 오는 고객인데 부터 시작해서 내가 생각한 것들을 아주머니께 이야기했다. 하지만 그 아주머니는 인상을 쓰며 자기 입장만을 계속 고집했다. 그냥 일절만 얘기하면 될 것을 옆에 있는 사람을 보며 구원병이라도 얻을 기세로 더 큰 소리로 나를 욕했다. 좋게 해결하려고 했지만 너무 억울해서 가슴이 쿵쾅거리고 눈물이 나오려는 것을 겨우 참았다.

그래서 나도 지지 않고 한 마디 또 했다. "아주머니, 장사 자알 되겠네요. 나는 복 있는 여자요. 재수 없는 여자는 당신이 뱉었으니 당신이 가져가시오." 외치며 위풍당당하게 그 가게 앞을 지나왔다.

그날 그 아주머니와 나는 말이 통하지 않았다. 아주머니는 자기한테 제일 먼저 찾아온 손님이 비싸다고 하고 조금만 사려고 하니 하루종일 장사가 잘 안 될 것이라는 터부에 사로잡힌 것이다. 나는 나대로 안 들어도 될 욕을 아침부터 들었다는데 너무 화가 났다. 아주머니의 입장에서 미안하다 말하고 나왔으면 서로 간에 감정이 덜 상했겠지만 나도 내 입장이 우선이었다. 서로 웃는 얼굴로 끝내려면 상대방의 입장을 먼저 생각하고 조금씩 양보를 했어야 했다. 그런데 우리는 그러지 못했고 자기의 입장을 먼저 생각하고 말았던 것이다. 말이 통하지 않은 일로 하루 종일 기분이 나쁘고 우울했다.

결국 아주머니의 행동은 젊은 사람들이 재래시장에 가지 않는 이유중의 하나이다. 백화점이나 대형마트에서는 소량으로도 파는데 재래시장은 그렇지 않으니 일인 일가구나 소량을 먹는 젊은이들에게 인기가 있을 리 없다. 시장아주머니의 불통은 재래시장 상인들이 대형마트나 백화점보다 손님을 유치하지 못하고 돈을 벌지 못하는 이유 중 하나라 아쉬움으로 남았다.

사람은 혼자 사는 게 아니라 서로 어울려 살기 때문에 사람을 만나고 함께 가야한다. 그런데 매일 보는 사람과 말을 하지 않거나 형식적인 말만 한다면 얼마나 답답한 일인가. 자, 그렇다면 나와 타인이 말이 통하려면 어떻게 해야 할까?

말 속에 진실한 마음을 담아야한다. 진실한 마음이란 상대방의 입장을 생각하는 따뜻한 마음이다. 따뜻한 마음은 긍정적인 말과 배려하는 말, 인정하는 말로 나타난다. 말이 통하면 그 사람이 아무리 못생겨도, 음식을 잘하지 못해도 상관이 없다. 그만큼 우리에게는 말이 통하는 게 중요한 일이다.

말은 신 그 자체라고 말한 학자가 있을 정도로 언어는 중요하고 언어의 힘은 강력하다. 또한 성경 잠언서에도 죽고 사는 것이 혀의 힘에 달렸나니 혀를 쓰기 좋아하는 자는 혀의 열매를 먹으리라고 말하고 있다. 말은 씨와 같아서 좋은 말을 심으면 좋은 열매를 맺지만 나쁜 말을 심으면 나쁜 열매를 맺는 것이다. 주변에 말 한마디 잘못해서 관직에서 물러나거나 욕을 먹는 일이 참으로 많다. 특히 공인들의 말 한마디는 파급효과가 엄청나기 때문에 말을 아끼는 모습을 볼 수 있다.

말 한 마디가 사람을 살리기도 하고 죽이기도 하며 말로 인생이 화려하게 부활할 수도 있다.

오프라 윈프리와 강호동! 둘의 공통점은 방송최고의 진행자들이며 삶의 성공자라는 것이다. 이들이 토크 쇼에서 최고 진행자가 될 수 있었던 것은 출연자와 말이 통했기 때문이다. 그들은 온 마음과 몸으로 맞장구를 쳐주며 적극적인 반응을 보인다. 그럴 때 게스트들은 그들이 내뿜는 강력한 에너지를 전달받는다. 그리고 기분이 좋아지면 묻지 않은 말, 숨겨놓은 말까지 다 털어놓게 되는 것이다.

나는 고민이 있거나 많이 힘들 때 아무에게도 말하지 못하는 일이 있으면 결국 큰언니를 찾는다. 언니는 내가 이야기를 꺼내면 정말 잘 듣는다. 내 입장에서 나를 생각하며 들어 준다. 그리고 해결책까지도 기가 막히게 제시해 준다. 언니와 대화를 하면 모든 것이 해결이 된다. 그런 언니가 있어서 나는 참 행복하다.

경청은 주의하여 들음으로 내용을 정확히 파악한다는 의미다. 상대의 작은 소리까지 듣고 이해한다는 것은 무언의 관심과 사랑의 표시다. 사람은 사랑하는 사람이 생기면 작은 소리에도 귀 기울이고 그가 원하는 것을 해주고 싶어 한다. 내가 먼저 들어주면 그 사람은 금방 내 편이 될 수밖에 없다. 돈이 많아야 행복하다 건강해야 행복하다 친구가 많아야 행복하다 등 많은 행복의 조건이 있지만 그래도 말이 통해야 행복하다. 사람은 말을 하지 않고 살수 가 없기 때문이다,

"여덟 살짜리 조카에게 데이터베이스에 대해 설명해 보시오"

이것은 지원자가 여덟 살 난 아이와 커뮤니케이션을 할 수 있는지 그 능력을 보기 위한 구글의 면접 질문이다. 기업이란 돈을 버는 곳인데 돈을 벌기 위해선 세대를 넘나들며 통하는 말을 할 수 있어야 한다. 또래끼리는 통하는데 연배가 높은 사람이나 어린 사람들과는 소통하는 것이 힘들다면 회사에서 환영받지 못한다. 세대를 뛰어넘는 소통 능력이 구글의 성공을 이루었다. 소통능력은 세상이 원하는 능력이다.

성공하고 싶다면 먼저 누구와도 말이 통하는 사람이 돼라. 말이 통하는 사람이란 세상과 통하는 사람이다. 남녀노소 누구와 관계없이 소통이 되는 사람이다. 취업은 물론이고 성공을 얻고 싶다면 말이 통하는 사람이 되어야 한다.

수신제가치국평천하라는 말이 있듯이 나와 말이 통해야 이웃과 말이 통하고 세상과 말이 통하게 된다. 내가 먼저 나와 말이 통하는 사람이 되자. 내가 원하는 모습을 그리며 자신에게 진실하게 말해 보자.

"나는 특별해. 난 최고야. 난 성공할 수 있어!"

나와 대화가 통하면 타인과의 말은 더 쉽게 열리고 세상과 통할 수 있다. 그럴 때 우주의 모든 좋은 기운이 내게로 와서 나는 세상 모든 일에 성공하게 되는 것이다.

06

말 잘하는 사람이 리더가 된다

말 잘하는 사람이 정말 리더가 될 수 있을까? 대다수의 사람들이 그렇다고 한다. 주위에 많은 리더들이 말을 잘하는 것을 보았기 때문이다. 리더는 다른 사람을 앞에서 이끌어 가는 사람이다. 우리는 텔레비전이나 유튜브 등 다양한 영상매체를 통해서 그들이 말하는 것을 볼 수 있는 시대에 살고 있다.

스마트한 세상을 살고 있는 우리는 합리적이고 섬세하며 이해와 배려심 많은 리더를 원한다. 커뮤니케이션이 뛰어나 소통하고 공감하는 리더를 원한다. 구성원에게 감동을 주고 마음을 움직일 수 있는 리더, 감정이 풍부한 리더를 원하는 것이다. 부드럽지만 강한 메시지를 전할 줄 아는 리더를 찾고 있다. 미국의 오바마 대통령과 세계적으로 이

름난 애플사의 CEO 스티브 잡스에 이르기까지 많은 리더들이 말로
써 감동을 주고 있다.

흑인아버지와 백인 어머니 사이에서 태어난 버락 오바마는 미국 정
가에 혜성처럼 나타났다. 그리고 흑인 최초로 미국의 대통령이 되었
다. 그는 시카고 당선 연설에서 "흑인의 미국도 백인의 미국도 라틴계
의 미국도 아시아계의 미국도 없습니다. 오직 미합중국만이 있을 뿐
입니다." 라며 통합을 강조했다. 그리고 내 말을 들어 달라가 아니라
"당신의 말에 귀 기울이겠다."는 말로 연설을 끝냈다.

스티브 잡스는 어떤가. 그는 스탠포드 대학에서의 졸업식 축하 강
의를 가서 "Stay hungry, Stay foolish" 라고 외쳤다. 언제나 갈망하
고 언제나 우직하게! 배가 부르게 되면 사람은 게을러진다. 천재는 노
력을 안 하기 때문에 배고파한다. 그러니 부족한 자로 머물러라. 그가
한 말에 영감을 받고 도전하게 되는 것이 스티브잡스만의 매력이다.

2005년 스탠포드 연설에서 그는 죽음이 인생에서 중요한 선택을
할 때마다 큰 도움이 된다고 했다. 사람들의 기대와 자존심, 실패에
대한 두려움 등은 죽음 앞에서 무의미해지고 정말 중요한 것을 만날
수 있다고 했다. 죽을 것이라는 사실을 기억한다면 무언가 잃을 것도
없다. 잃을 게 없으니 가슴이 시키는 대로 따르지 않을 이유도 없다는
것이다.

윈스턴 처칠은 세계 2차 대전 중 아놀드 히틀러의 대공습과 폭격에도 불구하고 한 방송연설에서 "장비를 주면 우리가 끝장내겠습니다. 그러나 여러분 절대 포기하지 마십시오. 우리는 전쟁에서 승리할 수 있습니다." 는 감동적인 연설로 국민에게 용기와 희망을 불어 넣었고 승리할 수 있다는 신념을 심어 주었다. 그리고 승리를 이끌었다.

오바마나 스티브잡스, 윈스턴 처칠 이들은 모두 말을 잘하는 리더들이었다. 이들이 하는 말을 들은 사람들은 가슴 깊숙한 곳에서 감동을 받고 행동을 개선하며 움직이는 일까지 하게 된 것이다. 이처럼 스피치는 사람에게 무한한 희망과 용기를 주고 자심감과 사랑을 주는 마법과도 같은 것이다.

오바마가 퇴임을 하고 난 뒤에도 그의 명연설은 책과 유튜브 영상을 통해서 많은 사람들에게 감동을 주고 있다. 그가 대통령이 되고 나서 그의 스피치를 분석한 책들이 넘쳐났다. 그의 스피치가 얼마나 사람들에게 감동을 주었는지, 당선에 어떤 영향을 미쳤는지를 말해주는 책들이었다. 우리나라 초등학생과 엄마들에게도 많은 영향을 주었다. 심지어 말을 잘하면 대통령이 될 수 있다고 부추기며 아이들에게 그의 책을 사주며 읽기를 권유했다.

이런 부류의 엄마들은 아이의 의사와는 상관없이 본인의 강권으로 반장이나 회장선거에 아이를 내보내기도 한다. 본인 스스로가 아닌 엄마나 타인의 권유로 나온 아이들은 대게 자신이 별로 없고 말을 잘

하지 못한다. 말을 잘하지 못하면 당선될 가능성이 낮다. 아이들도 보는 눈이 있고 듣는 귀가 있다. 학급을 위해서 학교를 위해서 어떤 일을 할 것인지, 그 공약이 실현가능한 것인지 등을 따진다. 허무맹랑한 공약이나 말하기 실력이 없는 아이들이 당선되기는 쉽지가 않다. 해마다 반장선거 회장선거 때가 되면 말하기 학원이 바쁜 것도 말하기를 잘해야 리더가 될 수 있음을 보여준다.

올해 중학생이 된 딸아이가 반장선거를 했다고 한다. 나는 가능하면 딸이 반장을 하고 리더로서 생활하기를 바랐다. 그런데 본인은 하기 싫어서 안 나갔다고 했다. 어떤 친구를 찍었느냐고 했더니 두 명은 그저 그래서 아예 생각도 안했고 두 명 중에서 골랐다고 한다. 말을 잘 하는 친구를 뽑았느냐고 물었더니 의외의 답이 돌아왔다. "아니, 둘 다 말 못하던데? 내가 훨씬 잘하겠다. 평소에 하는 것 보고 뽑았어. 다른 한 명보다 나랑 좀 더 말을 많이 한 친구를 찍어줬을 뿐이야. 그런데 그 애는 부반장 됐어" 이러는 것이었다.

고 3인 아들한테는 학생회 회장 선거 시 왜 그 아이가 회장이 된 것 같으냐고 물었다. 그랬더니 "내가 연설을 잘해줘서"라고 대답했다. 나는 아들이 너무 당당하게 말을 해서 웃고 말았다. 현재 고3인 아들은 당선된 회장의 참모진으로 연설을 하며 당선을 도왔었다. 엄마니까 친해서 너무 솔직하게 말을 했겠지만 은근히 말하기에 자신감을 갖고 있는듯하여 대견했다. 아들은 4살 때부터 무대에 세워 웅변을 하게 했고 평소에 많은 대화를 나누며 그와 소통을 했다. 그리고 딸은 아들만큼은 아닐지라도 내가 행사진행 원고를 연습하거나 휴대폰 동영상 놀이를 하며 말을 하는 훈련을 할 수 있게 했었다.

3월 말 쯤 학교를 마치고 돌아온 딸이 숨을 헐떡이며 즐거운 얼굴로 말했다.

"엄마, 오늘도 하트 시스터즈 공연했다!"

무슨 소린가 싶어 자세히 물었더니 술술 이야기를 풀어 놓았다. 지난주부터 매주 금요일마다 친한 친구 두세 명과 함께 학교 근처 육교에 올라간다고 했다. 사람들에게 손을 흔들며 "안녕하세요. 사랑해요. 복 많이 받으세요."라며 손을 흔들기도 하고 하트를 그려 날리기도 한다는 것이다. 처음 했을 때 열 명 넘는 사람들이 손을 흔들며 반응을 해주었다고 한다. 그런데 오늘은 하트모양 머리띠를 쓰고 해서 그런지 서른 명 정도가 호응을 해주었단다. 전 주와 비교해 보는 것도 재미있고 갈수록 많은 사람들이 반응을 해주니 기분이 너무 좋다고 했다.

딸은 벌써부터 무대에 서는 연습을 하고 있다. 그것도 자기가 알아서 육교라는 무대를 선택해서 대중과 이야기하고 있는 것이다. 딸이 재미있어서 좋아서 하는 것이니 열심히 해보라고 했다. 도덕 시간에도 하트 시스터즈 공연이 알려져 선생님께 칭찬을 받았다고 한다. 자발적으로 만든 말하기 무대를 굳이 말리고 싶진 않다. 남한테 피해를 주는 것도 아니고 기쁨을 주는 일이니 열심히 하면서 말하기 연습을 꾸준히 해나가길 바란다. 벌써부터 리더의 자질을 갈고 닦는 딸아이의 모습이 내 입 꼬리를 올라가게 한다.

　한 집단의 리더가 되려면 특히 스피치를 잘해야 한다. 아무리 인물이 잘나고 학벌과 배경이 좋고 스펙이 좋아도 나를 드러내는 스피치 기술이 없으면 리더가 되기 힘들다. 혹시 말을 잘하지 못해도 리더의 자리에 있는 사람이 있는가? 그래서 불안에 떨고 있는가? 그렇다면 말하기 기술을 배워라! 말하기는 타고 나는 것이 아니라 배우면 누구나 할 수 있다. 역사적으로 잘 알려진 아테네의 웅변가 데모스테네스, 영국의 총리 윈스턴 처칠, 미국의 케네디 대통령 등도 한때는 형편없는 스피치 때문에 고민하다가 스피치를 학습하고 말을 잘하는 사람이 되었다.

　우리는 누구나 리더다. 자기 삶의 리더 말이다. 자신의 주변에 긍정적인 영향력을 미치고자 하는 리더다. 인간의 삶은 모두 가치가 있다. 그 가치 있는 삶을 나만 가지고 있지 말고 이웃에게 나누고 선한 영향력을 끼치려면 말로 표현해야 한다. 듣는 사람이 필요한 것과 원하는 것을 진심을 담아 말하는 리더는 관심을 얻는다. 이 책을 읽는 독자 모두 그런 리더로 살기 바란다.

07

스피치는 성격을 바꾸고 인생을 바꾼다

중학교를 졸업하고 시골에서 올라온 나는 촌티를 팍팍 냈다. 집, 학교 아니면 교회, 교회 아니면 학교 이렇게 언제나 정해져 있었다. 혼자서 어디에 가는 것을 아주 꺼려했다. 낯을 많이 가리는 편이라 누군가 어딘가에 적응하는데 시간이 많이 걸렸다. 그리고 입학 후 치른 첫 시험 결과 성적이 너무 안 좋았다. 완전 충격 그 자체였다. 나는 그것을 만회하려고 애를 썼지만 의지와 체력과 환경이 전혀 받혀 주지 않았다. 나는 그야말로 의욕상실이었다. 남들에게 비쳐진 나와 내 속의 나는 많이 달랐던 것이다. 그렇게 나는 여고시절을 보냈다.

그래도 오기와 끈기는 남아있었다. '나도 잘나갔었고 꿈이 있다. 여기서 그만둘 수는 없지' 마음속의 나는 결코 나를 포기하지 않았다.

일 년간의 방황을 끝내고 열정을 불태웠다. 부모님의 도움을 전혀 받을 수 없음을 알고 일 년 간 돈을 벌었다. 낮에는 공장에서 일을 하고 밤에는 입시학원에 다녔다. 그리고 다음해 무사히 대학에 들어갈 수 있었다.

인생은 길다. 살아가면서 어느 한때 시련과 고난이 없는 사람은 아무도 없다. 그러나 한 때의 실패가 영원할 수는 없는 것이다. 절망하지 않고 자기를 사랑하는 마음만 있다면 그 실패가 약이 되어 나를 새롭게 이끈다. 마음을 잘 다스리고 새롭게 뭔가를 시작하면 반드시 좋은 결과가 따라오게 되어있다. 노력하여 대학에 입학한 나는 삶에 다시 자신감이 생겼다.

나는 내가 꿈꾸어 왔던 아나운서, 방송에 관심을 갖고 할 수 있는 일을 찾았다. 내게는 이리 봐도 아나운서 저리 봐도 아나운서였다. 대학방송국에 문을 두드리고 교회방송실에 자원하여 아나운서를 맡았다. 그러면서 프로덕션과 영상제작소 성우, 다른 교회 영상 내레이션을 하고 방송국 리포터 등 조금씩 말로 하는 직업에 대한 기쁨과 재미를 알아갔다. 2000년대 초반 시낭송을 인연으로 무대에서 행사진행을 하며 본격적인 스피치를 하게 되었다.

이제 부끄럼 많고 겁 많았던 어릴 적 내가 아니었다. 잘하고 싶었는데 목표를 이루지 못하고 의욕을 잃어버린 여고시절의 나도 아니었다. 아주 자신감 있고 적극적이며 당찬 나로 변했다. 모르거나 궁금한 것이 있으면 찾아보고 물어보았다. 내 자신의 생각이 있으면 의견을 피력했다. 어느 새 나는 작은 애벌레에서 나비로 변신한 것이다.

연초가 되면 음악회가 많이 열리는 성산 아트 홀과 3.15 아트센터 홈 페이지에 들어간다. 몇 개월 치 행사 계획이 나와 있다. 나는 그 내용을 뽑아서 담당자에게 일일이 전화를 한다.

"프리아나운서 MC로 활동하고 있는 김채선입니다. 몇 월 며칠 성산에서 연주회가 있던데 사회자로 함께 하고 싶습니다. 청중이 즐겁고 행복한 음악회가 되도록 돕겠습니다."

뜻이 있고 관심이 있는 사람은 전화 도중 바로 콜을 한다. 그리고 며칠 후에 다시 연락을 하는 사람도 있다.

나는 또 지나가는 길에 붙어 있는 플랜카드를 유심히 본다. 음악회나 다른 행사가 있으면 전화번호로 바로 전화를 해서 나를 홍보하고 사회를 보겠다고 한다. 특별히 기획사나 이벤트사에 소속되어 있지 않고 MC클럽에 가입을 안했지만 내 방법대로 일을 따서 하고 있는 것이다.

몇 해 전 고향 향우회에 군수가 참석한 적이 있다. 나는 직접 찾아가 명함을 드리고 나를 홍보했고 비서와도 담소를 나누며 이야기했다. 다음해에 나는 비서와 문화관광과장과 통화를 해서 기어이 행사를 따냈다.

어느 날, 성산 아트 홀을 지나다가 연주와 노래 소리가 들려서 들어갔었다. 시민과 함께 하는 야외마당 음악회였다. 사람들이 많이 모여 있었다. 순서를 진행하는 사람이 목소리는 멋있는데 진행이 매끄럽지 않았다. 순간 나는 '내가 저 자리에 서야겠다.'는 생각을 했다. 음악회가 끝나고 음악회 주최가 어디이며 진행자가 누구인지를 알아냈다. 그리고 다음 날 바로 성산에 전화를 해서 담당자와 통화를 했다. 나를 소개하고 어제 그 음악회를 진행하고 싶다고 했다. 관장님과 통화를 해보고 전화를 주겠다고 했다. 그리고 다음날 성산에 가서 관장님을 바로 만날 수 있었다. 관장님은 나의 용기와 자신감에 놀랐다며 음악회 진행을 맡아 보라고 했다. 무료로 봉사하기로 했는데 그해에 출연료까지 받았고 2년간 그 음악회 사회를 보며 멋진 시간을 보냈다.

밴드에도 서서히 나를 알리기 시작했다. 향우회 밴드나 동창회 밴드에 그날의 진행 소식을 글로 써서 행사진행 사진이나 동영상을 올렸다. 많은 사람들이 댓글을 달아주며 축하해 주고 칭찬해 주었다. 이렇게 몇 번을 올리니 어느 새 홍보가 많이 되었다. 그리고 드디어 동창회장으로부터 전화가 왔다.

"채선아, 이번 중학교 총동창회 2부 사회를 맡아주면 좋겠다."

나는 그해 동창회장님의 명령을 순순히 따랐다. 그리고 그 다음해 동창회 사회도 약속 받을 수 있었다.

나와 무대, 나와 스피치는 떼려야 뗄 수 없는 관계다. 나는 무대에서 진행을 하고 사람들 앞에서 말을 할 때가 제일 즐겁다. 이 즐거움을 언제까지든 누리고 싶다. 다시 태어나도 나는 사람들 앞에서 말하는 직업을 가질 것이다.

대중 앞에서 말하기를 두려워하고 말을 못하는 사람들은 말하기 학원이나 스피치 아카데미를 찾는다. 이런 학원을 찾는 사람들에게 도움을 주는 댓글을 보면 주로 다음과 같은 이야기를 많이 한다.

"나는 발표를 하면 긴장되고 떨려서 제대로 한 적도 없습니다. 매사에 자신감이 낮고 소극적이었지요. 대인관계도 원만하지 못했습니다. 그런데 스피치를 배우고 나서는 적극적이고 자신감이 넘치는 사람이 되었습니다. 이제는 친구도 많아지고 떨지 않고 발표합니다."

"성격이 차분해지고 낯선 사람을 만나도 부끄러워하지 않아요. 자신감이 생기고 긍정적으로 바뀌었습니다."

이들의 말을 통해서도 알 수 있듯이 스피치는 성격을 바꾼다. 밝고 명랑하고 긍정적인 사람으로 만든다. 스피치를 통해 대인관계가 원만해지고 그러면 삶이 즐거워진다. 삶이 즐거워지면 하는 일들이 다 잘된다.

"재범아, 잘 있나? 너의 햇빛보다 더 에너지 있는 목소리 들으니 기분이 좋다."

"치진아, 오랜만이다. 오늘 따라 생각이 나네."

"미경아, 초등학교 동창회라며? 재미있겠다. 추억 많이 쌓아라."

"경웅아, 진짜 오랜만이다. 안 죽고 살아있네."

"선생님, 요즘 잘 지내십니까. 감기가 드셨나요? 건강하셔야죠."

나는 보고 싶은 친구들, 순간순간 생각나는 사람들에게 전화한다. 망설이거나 오래 참지 않는다. 심지어 밥을 먹다가도 생각나면 전화를 하거나 문자를 한다. 이런 일들은 예전에는 생각도 못할 일들이다. 내가 무대에서 음악회나 행사사회를 진행하고 난 뒤부터 항상 적극적으로 변했다. 원래부터 의지가 강하고 나를 추스르는 힘이 뛰어났지만 내가 대중 앞에서 스피치를 하고 난 뒤부터는 언제나 긍정이다. 나는 나를 생각하면 항상 기쁘다. 가슴 속에 희망이 밀려온다. 좌절하지 않고 끝까지 스피치를 놓지 않은 내가 대견하고 사랑스럽다.

나는 오늘도 깔끔한 옷차림으로 거울을 보며 속삭인다.

"사랑한다. 채선아. 넌 잘 살고 있고 잘 할 수 있어. 파이팅!"

행사장을 향해 내딛는 나의 발걸음은 새의 깃털처럼 가볍다.

CHAPTER

02

말하기는 무조건
배우면 된다

전문가에게 달려가 말하기 기술을 익혀라.
당신도 충분히 변할 수 있다.
현재의 말하기 실력보다 훨씬 나은 실력을 가질 수 있다.
실천이 중요하다는 것을 믿어라.

01

말하기는 기술이다

이십 년 넘게 웅변학원을 운영하던 남편이 웅변학원을 완전히 접었다. 그리고 180도 다른 일을 하고 있다. 바로 용접기술을 배워서 회사에 취직을 한 것이다. 처음에는 자기 몸에 맞지 않는 옷을 입은 듯 어색하고 서툴렀지만 남편은 차츰 적응을 해나갔다. 입사한지 일 년이 안 되어 정확한 자기 자리를 확보했다. 그 회사 사상 제일 빨리 자리를 잡았다는 말을 들을 정도였다. 현재 남편은 성실하게 일하여 월 삼백 이상의 월급을 받고 있다. 몸은 힘들어도 기술직이기 때문에 상당한 월급을 받고 있는 것이다.

남편이 용접기술로 취직을 하고 얼마 되지 않아 시아버지나 다른 지인이 남편이 무슨 일을 하는지를 물었다. 기분이 별로 좋지 않았다. 하지만 숨길 필요가 없기 때문에 용접한다고 사실대로 말을 했다. 그러면 거의 대부분의 사람들이 말했다.

"용접은 기술직이니까 배우고 익히면 잘할 수 있을 거야. 오히려 잘 됐네."

요즘 많은 사람들이 퇴직을 하고 있고 언제 잘릴지 몰라 매일매일 불안에 떨면서 일터에서 일하고 있다. 그러나 사람들의 말처럼 남편은 자기 자리를 지키며 당당하게 일하고 있다. 왜냐하면 기술을 배워서 회사에 들어갔기 때문이다.

내 딸은 4학년 여름방학 때부터 피아노를 배웠다. 체르니 40번 이상을 배우고 나서 최근에 그만두었다. 입학한 중학교에서 더 많은 악기를 배우기 위해서다. 처음 피아노를 배울 때 일주일도 안 돼서 끊어 달라고 야단을 했다. 그래서 살살 달래어 겨우 마음을 진정시켰다. 어느 날 집에 돌아와서 피아노를 치는데 잘 치는 것 같아 칭찬을 해 주었다. 그랬더니 아주 좋아하며 열정적으로 학원에 다녔다. 피아노는 손가락이 길면 좀 더 편하게 잘 칠 수 있다. 그런데 딸은 좌우 새끼손가락의 길이가 다르다. 다른 손가락도 좀 짧은 편이다. 하지만 열심히 노력하여 피아노를 아주 잘 치게 된 것이다. 피아노를 치는 것도 기술이다. 한번 배워 두면 두고두고 써먹을 수 있는 기술 말이다.

나는 대학을 졸업하고 이 년간 교회에서 목사님 비서로 일을 하기도 했다. 그때 처음 컴퓨터로 워드 연습을 하게 되었다. 처음에는 일명 독수리 타법으로 나가다 계속 연습을 하니 속도가 엄청 붙게 되었다. 너무 열심히 연습을 했던 탓에 꿈에 자판이 훤히 보였다. 그래서 꿈속에서조차 자판을 보며 워드 연습을 해서 빠른 시간 안에 습득할 수가 있었다.

사전에 보면 기술은 사물을 잘 다룰 수 있는 방법이나 능력을 말한다. 앞에서 나는 용접하는 일과 딸의 피아노 치는 능력 그리고 워드 치는 능력을 얘기했다. 이것은 모두 일정 기간 동안 훈련과 반복을 통해 배울 수 있는 것들이다. 오랫동안 연습하고 노력하면 능숙하게 다룰 수 있는 능력인 것이다.

웅변학원을 운영할 당시 남편과 나는 일반인 수업도 했다. 아이들에게는 웅변을 가르쳤지만 어른들에게는 말하기를 가르쳤다. 어느 날 청소년보호관찰소에 근무한다는 한 남자분이 찾아왔다. 자기가 소심하고 앞에 나가서 말을 할 때는 너무 심하게 떨어서 잘 할 수가 없다고 했다. 몇 달 후에 보호하고 있는 아이들 앞에서 강의를 해야 되는데 어찌해야 할 지 모르겠다며 도움을 청했다. 그래서 우리는 그분이 무대에서 떨지 않게 하기 위해 출석할 때마다 그날 있었던 일들 중 인상 깊었던 일들을 발표하게 했다. 일단은 무대에 설 수 있는 기회를 많이 준 것이다. 그리고 발성 발음 연습을 시켜서 배짱을 기를 수 있게 했다. 다음으로 한 것은 무엇을 말할 것인가 즉 콘텐츠를 구성하는 방법에 대해 공부를 시켰다.

그리고 실제로 며칠 후에 있을 아이들 교육에서 무엇을 말할 것인가를 대화로 푼 다음 원고를 작성했다. 그것을 가지고 단상에 나가 발표하는 것을 계속 시켰다. 원고를 보고 하는 것이 아니라 자연스럽게 할 수 있도록 지도했다. 손짓과 몸짓 시선 등을 잘 처리할 수 있도록 자세히 알려 주고 익힐 수 있도록 도왔다. 그리고 드디어 그분이 강의하는 날이 돌아왔다. 아침부터 '떨지 않고 잘 했을까 어땠을까?' 궁금증 가득한 마음으로 시간을 보냈다. 그날 저녁 수업에 들어온 그 분은 아주 밝은 표정으로 말했다.

"원장님, 선생님 덕분에 아주 무난하게 교육을 마쳤습니다. 칭찬 많이 받았습니다. 감사합니다."

남편과 나는 정말 기분이 좋았다. 지금까지 많은 사람을 지도하고 가르쳤다. 처음에 친구들과 일대일 말하기도 어려워하던 아이가 어느 기간 훈련을 한 후 무대에서 말을 하고 칭찬과 상을 받은 경우를 봐왔다. 그리고 회사에서 직장에서 앞에 나가 버벅거리고 떨던 사람이 강의를 하고 세미나를 이끌고 사회를 진행하는 사람도 있다. 이것은 말하기가 기술이라는 것을 충분히 말해 준다.

말하기가 타고 난 것이라면 아무리 훈련을 하고 노력을 해도 긍정적인 변화와 발전이 없어야 한다. 그런데 노력과 훈련의 결과로 많은 사람들이 좋은 결과를 얻을 수 있으니 말하기는 분명 기술이다. 자기의 생각이나 느낌 그리고 하나의 주제에 대한 내용을 전달하는 기술인 것이다. 기술은 배워서 익히면 누구나 잘할 수 있다. 남편이 학원을 운영하다가 그만두고 전혀 다른 분야인 용접을 배워서 잘 적응하고 있는 것처럼 말이다.

남편은 직업학교에서 전문 강사로부터 용접기술을 배웠다. 전혀 해왔던 일들과 무관하고 하지 못할 것 같았던 낯선 일이었다. 그러나 용접이 기술이기에 전수 받고 훈련을 했다. 그래서 많은 사람들이 퇴직을 당하고 위기의식을 느끼며 생활하고 있지만 남편은 당당하게 일할 수 있는 것이다.

존재감을 높이고 싶은가? 그렇다면 지금 당장 말하기 기술을 익혀라. 용접을 배우고 피아노를 배우고 워드 치는 것을 배우는 것보다 훨씬 더 빠르게 효과를 볼 수 있을 지도 모른다. '말 잘하는 사람이 부럽다.' '말을 잘하고 싶다.' 라고 생각만 하지 마라. 전문가에게 달려가 말하기 기술을 익혀라. 당신도 충분히 변할 수 있다. 현재의 말하기 실력보다 훨씬 나은 실력을 가질 수 있다. 실천이 중요하다는 것을 믿어라.

02

스피치를 웅변으로 착각하지 마라

"진지하게 생각을 안 해봤어"
"잘 모르겠는데……"
"뭐 그게 그거 아닌가?"
"다를 기 있나?"

이것은 내가 만난 지인들에게 스피치와 웅변이 어떻게 다른지 물어보았을 때 들은 대답이다. 대부분의 사람들은 스피치와 웅변이 어떤 것인지에 대해서 진지하게 생각을 하지 않는다. 알고 있더라도 스피치와 웅변이 거의 같다고 생각하는 정도다. 그러나 스피치와 웅변은 다르다.

국어사전을 보면, 스피치는 모여 있는 여러 사람들 앞에서 자기의 주장이나 의견 등을 말하는 일이고, 웅변은 조리가 있고 막힘이 없이 당당하게 말함 또는 그런 말이나 연설이라고 설명한다. 쉽게 말해서 스피치는 여러 사람들 앞에서 내 생각이나 의견 등을 자연스럽게 말하는 것이다.

그런데 웅변은 '막힘이 없이'나 '당당함'이라는 글자로 생각해 볼 때, 목소리가 커야 됨을 알 수 있다. 웅변을 성난 사자의 외침이라 하여 '사자후'라고 하는 것도 목소리가 크고 자연스러움과는 거리가 있다는 것을 말한다. 웅변은 또 듣는 사람들의 마음을 흥분시켜 충동을 느끼게 하는 힘이 있다. 그래서 성난 군중을 한순간에 조용히 만들기도 하고, 흩어진 사람들의 마음을 하나로 묶어 주기도 한다. 그런가 하면 온순하던 사람들의 마음을 자극하여 용감하게 만들기도 한다.

나는 남편과 함께 10년 넘게 웅변학원을 운영했다. 처음 웅변학원을 개원한 뒤 배우기 위해 웅변대회가 있을 때마다 찾아갔다. 연사 한 사람 한 사람의 웅변 장면을 녹화했고 학원에 돌아와서 찍은 영상을 보며 연사들이 어떻게 하는지를 살펴보았다. 책을 사서 보기도 하고 웅변학원장들의 모임이나 배울 수 있는 곳이면 기꺼이 찾아가서 공부를 했다. 그리고 어느 정도 시간이 지난 후, 남편과 나는 연사로 직접 웅변대회에 참가했다. 나가는 대회마다 큰 상과 상금을 받을 수 있었다. 또한 웅변대회가 열리면 학원생들을 지도해서 거리를 가리지 않고 출전을 시켰다. 그래서 마산 창원에서 웅변 잘하는 학원 하면 '아 그 학원' 할 정도가 되었다. 지금은 웅변학원을 그만 둔 상태지만 그 때 지도했던 아이들 중에 가끔씩 소식을 전하거나 찾아오면 참 행복하다.

"선생님께 배워서 너무 좋았어요. 감사해요"

"우리 엄마가 그때 웅변 배운 것 하나는 진짜 잘했다고 해요."

이런 말을 들으면 정말 가슴이 뭉클하고 웅변학원을 했다는 게 자랑스럽다.

당시 대회에서 많은 연사들을 만났다. 그런데 그 중에 눈살을 찌푸리게 하는 연사가 있었다. 다른 대회에서 했던 원고를 그대로 들고 나와 아무 생각 없이 앵무새처럼 하거나 원고 하나로 일 년 내내 우려먹는 연사들이 그랬다. 또 억양이나 톤이 귀에 거슬리거나 손동작이 어색한 연사들도 보기 좋진 않았다

이런 문제점들을 파악하면서 남편과 나는 우리 원생들에게는 제대로 가르쳐야겠다고 생각을 했다. 그래서 웅변을 가르칠 때면 먼저 발성훈련을 시켰다. 그리고 주제를 정해서 원고를 썼다. 그냥 원장이나 선생 마음대로 쓴 게 아니라 먼저 아이들과 대화를 했다. 대화를 바탕으로 아이의 상황과 생각을 원고에 담기 위해 노력했고, 그러다 보면 몇 번씩 고쳐 써야했다.

그렇게 완성된 원고를 아이들에게 나누어 주고 계속해서 외우게 도왔다. 암기가 끝나면 어떤 단어에서 소리를 높이고 어떤 부분에서 힘을 주어야 하는지를 가르쳤다. 또 클라이맥스는 어디며 그 부분은 어떻게 소리를 내는지 일일이 지도를 했다. 마지막으로 손동작을 가르쳤다. 웅변은 손동작 한 두 개는 꼭 들어가야 좋은 점수를 받을 수 있기 때문이다. 웅변 동작은 아주 크고 힘이 있다는 게 특징이다.

그러나 스피치는 동작이 자연스럽다. 동작을 해도 되고 안 해도 그만이다. 스피커의 필요와 성격에 따라서 결정하면 된다.

스피치에서 가장 중요한 것은 콘텐츠 즉 내용이다. 내용에는 자기만의 에피소드와 스토리가 있어야 한다. 웅변에도 그 연사만이 만들어 낼 수 있는 살아있는 스토리가 있어야 듣는 사람이 지루하지 않고 감동을 받을 수 있다. 네 살짜리 아이가 했던 아주 인상 깊은 웅변원고 하나를 살펴보자.

여러분, 친구들은 이름이 하나지만 저는 이름이 두 갭니다. 저에게는 김필립 말고 할아버지 할머니가 부르시는 이름이 하나 더 있습니다.

말씀드리기 조금 부끄럽지만 저의 또 다른 이름은 똥갭니다. 그리고 백일 뒤에 나오는 제 동생 지언이도 똥개 동생 똥순입니다. 멍멍

짖는 개도 아니고 냄새도 안 나는데, 할아버지 할머니께서 "우리 똥개, 우리 똥순이" 만날 입에 달고 계신 까닭은 저희들이 씩씩하고 건강하게 자라길 바라시기 때문입니다.

친구 여러분! 우리 모두 똥개 똥순이 됩시다. 어머니께서 만들어 주신 반찬을 가리지 않고 맛있게 먹는 똥개가 되고, 피자 햄버거보다 김치와 된장찌개를 좋아하는 똥순이 되어야 합니다. 그리하여 부모님 걱정 시키지 않는 효도하는 어린이로 자라야 한다고 이 어린이 당돌차게 주장합니다.

웅변이 끝나자마자 많은 사람들이 기립박수와 환호를 하며 놀라워했다. 사실 이것은 남편이 아들을 위해 직접 쓴 원고이다. 아들의 웅변에 사람들의 반응이 폭발적이었던 이유가 있다. 첫째는 연사가 네 살이라는 어린 나이에도 당차게 외쳤기 때문이다. 하지만 나머지 하나 빼놓을 수 없이 중요한 것은 바로 내용이다. 실제로 이 원고에는 아들의 스토리를 그대로 담았다. 대부분의 연사들이 자기의 이야기가 아닌 선생님이 짜깁기해서 대충 적어 주거나 다른 친구가 했던 원고를 그대로 외워서 한다. 이것은 알맹이 없는 껍질과 같다. 진실성이 없고 판에 박힌 듯한 느낌을 줄 뿐이다. 이제 막 잡아서 팔딱거리는 생선처럼 싱싱한 자기만의 이야기를 원고에 담아야 하는데 말이다.

한창 인기가 많았던 웅변은 90년대 이후 내리막길을 걸었다. 반공을 중시했던 정권이 무너졌고 대화와 개인을 중시하는 사람들이 늘어난 것이다. 그러나 웅변학원이 들어섰던 자리에는 다시 스피치학원이 점차 생겨나고 있다. 그나마 웅변이 다수에게라도 사랑을 받으려면 이제 소리의 웅변에서 내용의 웅변으로 바뀌어야 할 것이다.

주변에서 쉽게 볼 수 있는 잘나가는 스피커에는 김미경 강사나 김창옥 교수가 있다. 말하는 직업이 아닌 사람 중에는 안철수와 스티브 잡스를 생각하면 이해가 쉽다. 오늘날 웅변은 주로 웅변대회나 국회의원, 시장, 군수 등 선거연설에서나 볼 수 있다. 혹시 이 책을 읽는 독자 중에 웅변에 대한 향수를 느끼는 사람이 있는가? 곧 있을 6월 지방 선거가 좋은 기회가 될 것이다. 콘텐츠의 진정성을 떠나서 귀에 딱지가 앉을 만큼 자주 들을 수 있으니 귀 기울여 감상하기 바란다.

웅변대회에 나가기를 좋아하고 아이들을 열심히 지도했던 나는 어느 날 남편에게 말했다. "웅변은 많이 힘들다. 온 몸에 힘을 줘서 소리를 내다보니 목소리도 갈라지고. 나는 프리아나운서 MC로 행사 사회 보러 다닐게. 좀 더 자연스럽고 부드럽게 말하고 싶어. 웅변보다는 스피치가 더 좋아"

그 뒤로 나는 웅변대회를 한 번도 나가지 않았고 웅변과 작별을 했다. 하지만 웅변을 통해 배운 용기와 배짱은 무대에서의 탄탄한 기본기가 되어 주었다. 현재 나는 스피치를 지도하며 사람들에게 희망을 키워 준다. 음악회 사회를 보기도 하고 여러 행사를 진행하며 스피커로 즐겁게 살아가고 있다.

03

청중과의 공감이 가장 중요하다

연극의 3요소를 배우, 관객, 희곡이라고 한다. 스피치를 할 때도 말하는 사람인 스피커가 있어야 하고 말하는 내용 그리고 들어주는 청중이 있어야 한다. 스피커가 좋은 내용으로 열심히 준비해서 이야기를 하려는데 객석에 아무도 없다면 어떨까? 내 이야기를 들어주는 사람이 없다면 무슨 의미가 있겠는가! 스피치에서 청중은 그만큼 중요하다.

그런데 이렇게 중요한 청중이 가득 차 있는데도 아무런 반응이 없다면? 청중이 내 말에 귀를 기울이지 않고 딴 짓만 한다면 그것은 스피커의 잘못이다. 다 차려서 받은 밥상을 발로 걷어차는 격이다.

내가 학교에 다닐 때는 월요일 아침이면 운동장에서 조회를 했다.

교장선생님의 훈화를 들을 때는 정말 죽을 맛이었다. 똑같은 톤에 강약이 없고 너무나 지루하고 재미없는 말. 빨리 교장선생님 안 내려 오시나 하는 생각만 했다. 특히 중학교 때 교장선생님은 지루한 훈화 앞뒤에 천상천하 유아독존이라는 말을 갖다 붙이셨다. 가끔 동기들을 만나면 그 교장선생님의 지루한 훈화와 천상천하유아독존을 얘기하곤 한다.

그리고 공식석상에서도 기업인이나 정치인들은 여전히 청중과 눈 한 번 마주치지 않고 원고에 코를 박고 줄줄이 읽어 가는 따분한 스피치를 한다. 심지어 음악회에 참석해서도 눈치 없이 길게 인사하는 정치인들이 있다. 그건 정말 참을 수 없는 일이다. 음악회에서 음악과 관련이 없는 사람이 인사말을 한다는 것 자체가 별로인데 인사를 길게 한다는 것은 더 비상식적인 행위이다. 그런 사람은 뒤로 가서 한 대 쥐어박고 싶다. 다시는 내가 진행하는 음악회에 오지 말라고 말하고 싶다.

청중의 참여 없이 자기 혼자만 말하는 것, 청중이 딴 짓만 하게 하는 스피치, 과연 누구를 위한 스피치일까? 그것은 청중을 볼모로 한 말하는 자의 자기만족밖에 되지 않는다. 그러려면 집에서 혼자 말하기 바란다. 참석한 사람들이 시간이 남아돌거나 할 일이 없어서 그 자리에 참석했겠는가! 다른 일 다 제쳐 두고 기대감을 갖고 참석했을 그 자리에 찬물을 끼얹지는 말자. 청중에게 피해를 주지는 말아야 한다.

몇 년 전에 모교인 창원대학교에서 입시설명회 사회를 봐달라는 제안을 받고 진행을 한 적이 있다. 입시가 끝난 마산 창원 김해의 인문계 고등학교 학생들을 초청해 공연도 하고 학교의 좋은 이미지를 알리는 자리였다. 15일 동안 매일 두 세 시간씩 진행을 했다. 찾아오는 학생들에게 자부심과 긍정적인 에너지를 주기 위해서 그 학교의 이름을 들먹이거나 칭찬을 해 주려고 애를 많이 썼다.

15일 중 중반에 이른 날이다. 그날은 창원남고학생들이 참여를 했다. 우선 내 소개를 하고 인사를 하자, 아이들이 박수를 치며 반갑게 맞아주었다. 함성을 지르게 할 요량으로 학교이름을 불렀다. 그런데 일제히 우~ 하며 야유하는 소리가 내 귓전을 때렸다. 엄지를 밑으로 내리는 모습도 눈에 들어왔다. 내가 실수를 한 것이다. 남쪽에 있다는 의미의 창원남고였는데 순간적으로 창원남자고등학교라고 했던 것이다. '아차 내가 이름을 잘못 불렀구나!' 라는 생각이 들었고 나는 급히 사과 멘트를 날렸다. 하지만 그 사과는 학생들의 마음에 도착하지 않고 그냥 허공에서 산산이 부서졌을 뿐이다.

학교 이름은 소속된 아이들을 하나로 묶는 구심점의 역할을 하는 가장 중요한 요소 중 하나이다. 가장 민감한 부분인 것이다. 그런데 그것을 제대로 불러 주지 않았으니 아이들이 화가 날 수밖에 없었다. 그 뒤 좀 더 기분을 풀어 주려고 더 밝고 재미있게 해도 좀처럼 나아지지 않았다. 학교 이름을 제대로 불러 주지 않았을 때부터 나와 그들의 공감대는 깨져버렸던 것이다.

그날 이후로 나는 청중이 가장 민감하게 생각하는 부분인 소속이나 이름은 절대로 실수를 해서는 안 된다는 것을 확실히 깨달았다. 그리고 청중과의 공감형성을 위해 많은 노력을 기울이게 되었다. 내가 청중들을 공감하게 하는 방법은 주로 박수치기, 칭찬하기, 질문하기, 우리 강조하기, 사투리 사용하기, 상품주기 등이다. 청중을 공감하게 하고 내 편으로 끌어들이려면 초반 10분이 중요하다. 행사진행을 할 때는 최초 3분이 그날 분위기를 좌우한다.

"다른 사람들은 서울 가고 시골가고 나들이 갔는데 모든 유혹을 뿌리치고 여기 오신 분들은 모두 음악을 사랑하시는 최고의 분들이십니다."

"대한민국 경남 마산에 위치한 모 교회는 하나님이 가장 사랑하시는 교횝니다."

조금 과장을 해서 칭찬을 해주면 사람들이 과장이라는 것을 알면서도 박수를 치고 환호를 한다. "제가 서상에서 태어났으니 저도 함양사람입니다. 이래도 우리가 남입니까?" 이 멘트가 끝나자, 함양군 물레방아축제 때 모여 있던 청중들이 박수를 치며 환호했다. 예 부터 우리나라 사람들은 우리라는 말을 입에 달고 살았다. 우리 엄마, 우리 남편 우리 딸, 우리 아들 등 우리라는 말에 친밀감을 느끼는 것이다. 그래서 스피치를 할 때도 사용하면 공감대 형성에 큰 효과를 볼 수 있다.

"아유, 우리 어머니 아버지 저녁은 드셨는교? 지는 마 어머이 아버지 빨리 보고 잡은 맘에 저녁도 안 묵고 기다리고 있었습니다. 어무이 아버지 뵈니 안 묵어도 힘이 납니데이."

이것은 작년에 창원 시에서 주최한 시민을 위한 한여름 밤의 음악회에서 던진 멘트이다. 깔끔하게 차려 입고 곱게 단장한 젊은 여자 MC 입에서 사투리가 나오고 어머니 아버지를 부르니 사람들이 다 도망을 갔을까? 전혀 아니다. 많은 분들이 고개를 끄덕이시거나 웃었다. 또 손을 흔들거나 반가워하셨다. 공연 중간 중간 내가 무대로 내려가서 주위를 돌아다니자 내 손을 잡는 사람들이 많았다. 공연이 끝나고 사람들이 또 언제 하느냐고 계속 묻기도 했다. 그날 공연은 아주 즐거운 분위기에서 성공적으로 끝났다.

이처럼 사투리 사용과 어머니 아버지라는 단어를 쓰면 연세가 있는 분들은 아주 좋아한다. 청중의 연령대나 지역을 고려해서 만약에 어른들이 많은 무대라면 사용해 볼 만한 방법일 것이다. 그리고 그 지역에 맞는 사투리를 써 주면 청중이 훨씬 빨리 다가온다. 나는 또 얼어붙은 분위기를 말랑말랑하게 만들기 위해서 스킨십이나 박수치기를 유도할 때도 있다.

"날씨가 추운데 우리 매운탕을 끓여보겠습니다. 보글보글 짝짝, 지글지글 짝짝……"

처음에는 멀뚱히 보고 있던 사람도 서서히 움직이며 주변 사람들을 따라한다. "10초 안에 박수 100번 치면 애인이 생깁니다."

어떻게 해서든 박수를 치게 만들면 분위기를 부드럽게 만들 수 있고 그날 스피치에서는 박수가 많이 나오게 돼 있다. 행사를 진행할 때 나는 청중의 참여와 분위기를 매끄럽게 하기 위해 질문을 하기도 하고 상품권을 주기도 한다. 일반적인 질문을 할 때도 있지만 퀴즈를 내기도 한다. 그럴 때면 여기저기서 손을 든다. 순진한 사람은 그저 손을 드는데 적극적인 사람은 저 뒤에 있다가도 번개처럼 달려 나온다. 무대로 나오라는 말을 하지 않아도 말이다. 그러면 사람들은 한바탕 웃음의 도가니에 빠져 들게 되고 분위기는 좋아진다.

성공적인 스피치를 하고 싶은가? 그렇다면 청중과 공감하는 것에 신경을 써라. 청중을 존경하는 마음으로 시작하라. 그들의 입장이 되고 그들의 마음이 되어 마음의 문을 열게 하라. 청중이 나의 말에 반응을 보이고 함께 웃을 수 있게 해야 한다. 박수치고 눈을 반짝이며 나의 말에 귀를 기울이게 만들어야 한다. 그래야 비로소 공감이 되는 것이다. 그들이 박수치고 웃고 울게 하라. 그들이 손을 들고 무대로 나오게 하라. 그러면 그날 당신의 스피치는 성공적이라고 믿어도 된다.

04

생각을 조리 있게 말할 수 있는 사람이 되라

"셋으로 이루어진 것은 모두 완벽하다."

라는 라틴 명언이 있다. 그리스. 로마 시대부터 1은 악을 뜻하고 2는 선을 뜻하는 숫자였다. 3은 1과 2가 합쳐진 것으로 선과 악을 아우르는 평온하고 완전한 상태로 여기게 되었다고 한다.

우리는 무언가 주의 집중을 유도하거나 중요한 것을 말할 때는 그전에 하나, 둘, 셋을 외친다. 아마 유치원 아이들이 제일 좋아하는 노래가 생일축하 노래일 것이다. 생일 축하 노래가 끝나고 촛불을 끌 때도 "잠깐만요. 하나 둘 셋 하면 *끄세요.*" 라고 하기도 한다. 그리고 게임을 할 때도 한 판 해서 진사람 입에서 나오는 말이 "에이, 그런 게 어디 있어요? 삼 세 판은 해야지요."다. 우리 생활에서 '3' 이라는 숫자는 어린 아이에서 어른에 이르기까지 친구가 되어버린 지 오래다.

'조리 있다' 라는 말은 '앞뒤가 잘 들어맞고 체계가 서다.' 라는 의미를 갖고 있다. 시중에 나와 있는 말하기 서적을 보면, 세 부분으로 나누어 말을 할 때 사람들이 이해하기 쉽다고 한다. 어떤 사람은 도입부-파트 1.2.3 - 종결, A-B-A ' 로 나누기도 하고 또 어떤 이는 O-B-C의 형식을 말하기도 한다. 주제-소주제(1.2.3)-주제라고 하는 이도 있다. 모두가 세 파트로 나누어 말을 해야 조리 있게 말을 전할 있다는 것을 얘기한다.

조금 설명을 해 보겠다. 도입부, 파트 1.2.3, 종결부와 A-B-A ' 는 한 사람이 말한 것으로 같이 생각하면 된다. A에서 주제를 말하고 그 주제가 왜 중요한지 이야기를 풀어나간다. B에서 극적인 에피소드를 넣어 클라이맥스로 이끈다. 다시 A로 돌아가서 주제를 상기시킨다.

두 번째 주장에서 O는 오프닝을 말하는데 공감으로 마음을 열고 스피치 주제와 왜 이런 주제를 선택했는지를 설명한다. B에서는 핵심을 세 가지로 전달한다. C는 클로징으로 앞에서 한 내용의 핵심을 요약하고 꿈과 비전을 제시한다.

세 번째 주장인 주제-소주제-주제는 큰 덩어리를 제시하고 본론격인 소주제 3개를 하나하나 말한 뒤 다시 결론에서 주제를 한 번 더 상기시키는 방법이다.

쇼 호스트들의 말하기에는 오구장공이라고 3이 아니라 4의 숫자가 적용이 된다. 오 - 오프닝에서 먼저 일상적인 이야기로 편하게 시작한다. 구 – 물건의 구성을 말한다. 장 – 물건의 장점을 얘기한다. 공 – 마지막에 청중의 공감을 불러일으키는 이야기로 마무리하는 것이다. 이런 순서로 말을 하면 시청자들의 마음을 사로잡아서 물건을 잘 판다는 것이다.

이들의 말하기 방식의 공통점은 바로 세 부분으로 나눈다는 것이다.

세계적인 명연설가인 스티브 잡스나 오바마의 연설을 살펴보면 이들도 3이라는 숫자를 적용하여 일목요연하게 말하고 있다는 것을 알 수 있다.

다음은 스티브 잡스가 스탠포드 대학 졸업식 축하 연설에서 한 말이다.

"오늘 저는 여러분에게 제 인생에서 일어난 3가지 이야기를 하고 싶습니다. 별로 대단한 건 아닙니다. 딱 3가지 이야기입니다."

스티브 잡스는 그가 할 스피치의 전체 내용이 세 가지로 이루어진다는 것을 청중에게 알렸다. 그리고 첫 번째 모든 경험에서 연결점 찾기, 두 번째 사랑에 대한 이야기, 세 번째 병과 죽음에 대한 이야기를 해서 많은 사람들에게 감동을 주었다.

오바마가 퇴임연설을 했을 때도 마찬가지였다.

Yes, We Can. Yes, We Did. Yes, We Can.

우리는 할 수 있습니다. 우리는 해냈습니다. 우리는 할 수 있습니다.

세 번을 비슷한 말로 표현하며 마음속에 확신을 심어 주며 많은 사람들이 감동하게 했다.

보통 사람들이 어떤 정보를 듣고 한 번에 기억할 수 있는 적당한 수준의 내용이 세 개라고 한다. 네 개가 넘으면 오락가락한다. 이것이었는지 저것이었는지 헷갈리다가 결국에는 에라 모르겠다며 포기하기 쉬운 것이다.

나도 실제 스피치 수업을 할 때 내용을 세 부분으로 나누어 말하게 한다. 먼저 주제를 '말을 잘하는 방법'에 대해서 얘기를 한다고 하자.

그러면 첫째, 무엇에 대해 말할 것인가를 자유롭게 발표하게 한다. 그리고 주제에 나오는 단어의 개념을 사전적 의미나 자기가 생각하는 다른 것까지도 있으면 밝히라고 한다. 여기서는 말에 대한 정의를 말하면 되겠다.

둘째는 왜 이 주제에 대해 말하고자 하는지 청중에게 밝혀 주어야 한다. 청중이 내가 왜 이걸 듣고 있어야 하는가라는 생각이 들면 집중할 수가 없다. 주제가 말을 잘하는 방법이니까 말하기가 하나의 스펙이 되었고 말을 잘해야 성공할 있기 때문이다 정도로 하면 될 것이다.

이렇게 말을 왜 잘해야 하는지에 대한 얘기를 하므로 스피커와 청중이 서로 피곤하지 않아도 된다.

그리고 마지막으로 주제에 대한 해결책이나 방법을 제시한다. 이것이 없다면 그 동안 듣고 있던 시간이 아깝다. 사람들이 후회하지 않도록 반드시 해결책을 제시해 주어야 한다. 전문 학원에 등록하라거나 동영상 강연을 본다거나 모임의 대장이 되어 무대 앞에 자주 서서 말을 해보라고 할 수 있을 것이다. 그러면서 각각의 해결책에 대한 근거나 이유를 들어주면 더 좋다.

말을 할 때 아무 생각 없이 아무 준비 없이 하면 누구도 잘 할 수가 없다. 우리가 말을 잘 못하는 것은 욕심 때문이다. 거창한 말, 유창하고 유식한 말, 세련된 말을 하려고 하기 때문에 더 버벅거리게 되는 것이다. 쉽게 말을 할 때는 먼저 숫자 3을 기억하자. 다른 많은 시중의 책에서 여러 이름을 들먹이며 공식을 얘기하지만 나는 다른 공식을 새롭게 만들어서 말하지 않겠다. 다만 숫자 3과 처음 가운데 끝만은 꼭 기억하기 바란다. 초등학교 때부터 글을 쓰거나 말을 할 때 가장 많이 보고 들은 것이 처음 가운데 끝일 것이다. 가장 익숙하고 편한 것이 진리일 수 있다. 처음 가운데 끝!

처음 부분이나 끝부분을 너무 강조하거나 많은 시간을 할애하면 이상하게 느껴진다. 가운데 부분을 많이 해야 안정적이다. 할 말은 가운데서 하라. 균형과 안정을 생각하면서 말하기를 준비하면 누구나 조리 있게 말할 수 있을 것이다. 생각만 해서는 잘할 수 없다. 숫자 3을 기억하며 처음 가운데 끝으로 나누어 매일매일 5분이든 10분이든 연습하기 바란다. 그러면 어느 순간에 실력이 늘어 있을 것이다.

나는 아이들에게 스피치 수업을 할 때는 두 가지를 기억하라고 한다. 첫째는 원인과 결과다. 결과를 말할 때는 원인 즉 이유를 꼭 말해야 제대로 전달할 수 있다고 말한다. 그래서 "나는 배가 아픕니다. 왜 배가 아플까요?" 라고 물으면 대답을 잘 하는 아이도 있지만 이유를 찾기 위해 끙끙대거나 결국 대답을 못하는 아이도 있다. 또 육하원칙에 따라서 말을 해보라고 한다. 누가 언제 어디서 무엇을 했지? 이런 식으로 질문을 하면서 연습을 하다 보면 좀 더 조리 있게 내 이야기를 전달할 수가 있다.

또 하나 말을 할 때 완전한 문장으로 말을 하게하고 주장을 말하면 이유를 꼭 물어보기 바란다. 이제라도 가정이나 학교에서 조리 있게 말을 할 수 있도록 도와야 한다.

평범한 당신도 조리 있게 말할 수 있다. 비록 오바마나 스티브 잡스처럼 수많은 청중을 감동시키거나 열광하게 하지는 못할지라도 내 생각을 조리 있게 말할 수 있다. 삶의 비밀을 기억하면 누구나 할 수 있다. 언제부터인지 모르지만 우리의 생활 속에 깊이 들어와 친숙해진 3! 처음 가운데 끝, 안정과 균형에 맞추어 우리도 박수 받는 사람이 되어 보자.

05

말하기는 무조건 배우면 된다

말하기는 정말 배우면 될까? 대다수의 사람들은 따로 배우지 않아도 누구나 말을 잘할 수 있다고 생각한다. 그러나 막상 여러 사람이 있는 앞에서 또는 큰 무대에서 말을 하려고 하면 떨려서 한 마디도 하지 못하는 사람들이 많다. 그래서 원래 말을 못해 너무 떨려서 못 하겠어 하며 포기하기까지 한다. 그리고 심지어 말을 잘하는 사람을 보면 타고났다며 부러워하기까지 한다.

그러나 아나운서나 쇼 호스트와 같은 방송인들도 처음부터 말을 잘했던 것은 아니다. 지금 이 책을 읽고 있는 당신과 별로 다르지 않다. 엉성한 발음과 다듬어지지 않은 목소리, 시선처리나 몸짓, 정리되지 않은 내용 등 처음에는 그들도 그랬던 것이다.

나는 많은 아나운서들 중에서 유정아 아나운서를 좋아했다. 지적이며 도도하고 고혹적인 그녀의 분위기와 차분한 진행솜씨가 마음에 들었다. 얼마 전 우연히 서점에서 발견한 『유정아의 서울대 말하기 강의』라는 책이 있어서 읽었다. 말하기의 달인 같은 그녀도 어릴 때는 남 앞에서 쉽게 입을 열지 않았다. 심지어 말을 할 때는 떨려서 삼키는 말이 더 많았고 사람이 꼭 말로 자신을 표현해야하는지 의문까지 품었다고 한다. 그랬던 그녀가 공중파방송의 최고의 아나운서가 될 수 있었던 것은 무엇 때문일까?

대학 신입생이 되었을 때 나는 대학방송국 아나운서에 지원을 했다. 꼭 되리라 결심하고 면접에 임했다. 그러나 나는 두 가지 이유로 떨어졌다. 내가 기존 회원보다 나이가 두 살 더 많다는 것과 집회나 데모에 대한 이견이었다. 그래서 심사위원들은 나의 간절함이 들리지 않았는지 나를 선택하지 않았다.

그러나 길이 하나만 있는 것은 아니었다. 당시 내가 다니던 교회는 경남에서 어마어마하게 큰 대형교회였기 때문에 방송실이 있었다. 나는 간절한 마음으로 전도사님을 찾아가 아나운서로 봉사하고 싶다고 했다. 허락이 떨어져서 방송실 아나운서로 일할 수 있었다. 주일과 수요일, 금요일 필요할 때 멘트를 날렸다. 그리고 특별한 행사가 있을 때나 없더라도 교우교제 의미에서 영상을 만들었다. 십 분에서 십오 분 분량의 영상을 제작해서 성도들에게 보여 주었는데 내가 내레이션을 한 것이다. 이 일을 계기로 프로덕션을 운영하던 장로님 눈에 띄어 성우로 활동하기도 했다. 다른 영상제작사의 눈에 띄어 큰돈을 받고 영상 내레이션을 하기도 했으며 타 교회 홍보물 제작에도 참여했다.

대학을 졸업하고 아나운서가 되기 위해 본격적으로 방송아카데미를 찾아보았다. 3개월 과정, 6개월 과정의 커리큘럼이 있었는데 비용이 장난이 아니었다. 이리저리 알아보고 돈을 구해서 공부를 하려고 했지만 당시 내 형편으로는 어쩔 도리가 없었다. '비용만 구했더라면 지금 쯤 방송국에서 정규방송을 진행하고 있을 텐데' 라는 생각을 하면 속이 쓰리고 아프다. 그래도 어떤 장로님의 소개로 모 라디오 방송국 리포터를 할 수 있었던 것은 내게 큰 행운이었다. 비록 짧은 기간이었지만 그 이후로 나는 이를 악물고 연습을 하게 되었다.

아나운서들이 뉴스를 진행하거나 프로그램을 진행할 때 어떻게 하는지 유심히 지켜보았다. 인터넷을 통해 배울 수 있는 영상이 있으면 열심히 찾아서 들었다. 그리고 음악회나 행사가 있으면 자주 찾아가서 진행자가 어떻게 하는지를 메모하며 공부했다. 출연료를 안 주거나 좀 적게 주더라도 경력을 쌓을 수 있다면 기꺼이 함께 했다. 성산 아트 홀이나 3.15 아트 센터 홈페이지에 들어가서 연간 행사를 모두 뽑아서 단체 대표에게 일일이 전화를 해서 일을 따내기도 했다.

한 번은 내가 성산 아트 홀을 지나가는데 어울림 마당에서 연주회를 하고 있었다. 음악회가 끝날 때까지 지켜보았다. 그런데 진행을 하신 분이 전문가가 아닌 것 같아서 누군지 물어보았다. 성산 직원이라고 했다. 그렇다면 내가 대신 진행을 해봐야겠다는 생각이 들었다. 그 다음 날 전화를 걸어 나를 소개하고 진행을 해보고 싶다고 했다. 그 날 곧바로 성산 아트 홀 관장님과 면담을 하고 확신에 찬 목소리로 열정을 말했다. 바로 오케이 사인을 받아서 그해와 다음 다음해까지 수요일 밤 어울림음악회를 진행할 수 있었다. 나는 적극적으로 내가 설 수 있는 무대를 찾았고 차츰차츰 실력을 쌓아 나갔다. 그래서 오늘 날의 내가 존재하게 된 것이다.

마흔이 넘어서야 나는 자전거를 타게 되었다. 아들이 초등학교 저학년일 때 우리는 학교 바로 앞에 살았다. 수업이 끝나고 아들이 자전거를 타자며 나를 이끌고 운동장으로 갔다. 친구들과 자전거를 타는 아들이 너무 재미있어 보이고 멋졌다. 그래서 아들에게 엄마도 좀 타게 해 달라고 했더니 비켜 주었다. 나는 열심히 페달을 밟고 아들은 뒤에서 밀었다. 그렇게 몇 번을 하다가 아들이 손을 놓으니 나는 그만 넘어지고 말았다. 이렇게 하기를 일주일. 그래도 나는 자전거 타는 것을 완전히 익히지 못했다. 될 듯 될듯하다가 잘 안 되었다. 그래서 화도 나고 자존심이 상해서 쉬었다 타겠다고 했다.

한 달 쯤 다 돼서 설설 오기가 발동했다. '다른 사람은 잘만 타는데 왜 나는 타지 못하는 것일까?' 라는 생각이 들자 아들과 함께 자전거를 끌고 다시 운동장으로 가게 되었다. 아들이 뒤에서 밀다가 손을 놓았다. 그런데 내가 혼자서 타고 있다. "우와 내가 탄다. 자전거를 탄다." 그날 이후 나는 날이면 날마다 신나게 자전거를 끌고 온 동네를 돌아다녔다.

말하기는 배우면 된다. 반복해서 꾸준히 일정기간 노력하고 배우면 누구나 잘할 수 있다.개인차가 있어서 빨리 배운 사람이 있는가 하면 좀 오래 걸리는 사람도 있다. 안될 것 같지만 열심히 하면 누구나 배울 수 있는 자전거처럼 말하기도 마찬가지다. 적어도 배우면 처음의 실력보다는 확실히 좋아진다. 아이가 태어나서 처음 말을 배울 때 한 단어를 말하기 위해서 삼천여 번을 들어야 할 수 있다. 그 이후 서서히 수많은 단어들을 받아들이고 흡수한다. 이미 우리는 말을 잘할 기본을 갖춘 것이다. 조금만 노력하면 충분히 말을 잘할 수 있다.

아나운서가 되면 다른 어떤 직장보다 연봉이 높다. 인맥도 넓어진다. 사람들의 선망의 대상이 된다. 공인으로서 사람들에게 신뢰를 준다. 이런 이유로 아나운서를 꿈꾸는 사람들이 많다. 그리고 우리 주변에는 아나운서 아카데미라든지 스피치 학원이 많이 생겼다. 비용이 좀 세긴 하지만 마음과 열정이 있다면 누구든지 쉽게 배울 수 있다. 전문 교육기관에서 강사의 코칭을 받으며, 훈련을 하면 말하기 실력이 눈에 띄게 늘게 된다.

혹시 시간이 없거나 경제적인 여유가 없는가? 가장 쉬운 방법을 가르쳐 주겠다. 시중에 말하기 관련 책이 넘쳐나고 있다. 그런 책을 잘 살펴보고 내게 맞는 것을 찾아 책을 읽어보기 바란다. 적어도 열권에서 스무 권을 읽고 요약정리해서 실행한다면 당신은 큰돈을 들이지 않고도 말하기를 배우게 되는 것이다. 어쩌면 말하기의 달인이 될 수도 있다. 말하기는 배우고 익히면 누구나 잘 할 수 있다. 유정아 아나운서를 비롯한 수많은 방송인이나 쇼 호스트들도 그렇게 만들어졌다. 그리고 프리아나운서 MC로 음악회행사와 축제 행사 등 여러 행사 진행을 맡고 있는 나도 그랬다. 무대에 서기 위해 말하기를 배우고 익혔기 때문에 대중 앞에 설 수 있는 것이다.

이제부터 목표를 만들고 말하기 공부를 시작하라. 한 달 후 아니 석 달 후면 당신의 말하기 능력은 반드시 일취월장해 있을 것이다. 콘텐츠 구성, 에피소드 전달 방법 등 말하기의 기본적인 교육을 통해 얼마든지 체득할 수 있는 시대가 된 것이다. 유정아 아나운서를 비롯해서 다른 아나운서나 억대의 쇼 호스트들이 그냥 쉽게 아나운서가 된 것이 아니다. 그들은 '아나운서가 되어야지.' '쇼 호스트가 되어야지.' 목표를 정하고 멘토를 찾거나 기관을 찾아서 배웠다는 것을 기억하기 바란다.

06

스피치를 타고 나는 사람은 없다

지난 주일에 교회 식당에서 점심을 먹고 있는데 장로님 한 분이 내 앞에 자리를 했다. 한참 밥을 먹다가 "집사님, 우리 손자가 갑자기 말을 더듬는데 우짜믄 좋습니까?"하시며 근심어린 표정으로 이야기를 하셨다. 나는 내가 알고 있는 지식을 그분에게 나누어 주며 한 번 실천해 보라고 권했고 장로님은 일단 다음 주일에 손자를 데리고 오겠다고 했다.

주위를 둘러보면 갑자기 생기는 이런 말더듬 현상에서 부터 너무 말이 없고 남 앞에 서기를 두려워한다는 등 말하기에 대해서 걱정하는 사람들이 있다.

요즘에는 특히 대학면접 시험이나 직장에서의 승진 시험 혹은 프레젠테이션을 해야 하는데 어떻게 해야 될지 모르겠다는 사람들도 많이 있다. 말하기가 이처럼 중요시 되는 가운데 사람들은 '스피치는 타고나는 거야. 나 같은 사람은 할 수 없어'라고 스스로 생각하는 사람들이 많다. 그러나 이 생각은 맞지 않다.

미국의 대통령 루스벨트는 정치가로 뛰어난 이름을 알렸지만 어린 시절에는 말도 제대로 못하는 아이였다. 그렇다면 그는 어떻게 달변가가 될 수 있었을까? 그는 어릴 때 읽은 책 속에서 영국 군함 함장이 주인공에게 두려움을 이기는 법을 가르쳐 주는 대목을 읽게 되었다고 한다.

"떨리더라도 전혀 두렵지 않다고 생각하는 것. 아무렇지 않은 듯이 행동하는 것. 자신에게 용기를 주면서 훈련하면 자신감이 생긴다."

이 말에 꽂힌 루스벨트는 철저히 말하기 연습을 해서 말을 잘하는 사람이 되었던 것이다.

어린 시절을 돌아보면 나 역시 마찬가지다. 나는 부끄러움이 참 많았다. 아버지 친구들이 집에 오시면 부끄러워서 인사도 못하고 아버지 뒤로 숨거나 도망을 가기가 일쑤였다. 가끔씩 명절이나 집안에 큰일이 있어서 친척들을 만났을 때도 부끄러워서 아무 말도 못하고 아버지 품에 안겨 있었다. 다른 친척 아이들은 사근사근하게 말을 하며 용돈을 받기도 했지만 나는 주는 용돈도 받지 못하고 결국은 어른들이 받아서 내게 주시기도 했다.

나는 일찍부터 교회를 다녔다. 초등학교 4학년 크리스마스이브 때 독창을 맡게 되었는데 선생님이 억지로 떠맡긴 순서였다. 선생님의 계속적인 권유와 칭찬에 마음이 혹한 나는 어쩔 수 없이 연습을 하게 되었다. 한 번 해보자는 생각이 들기도 해서였다.

하루 이틀 시간이 지나고 드디어 크리스마스이브, 몇 명의 아이들 순서가 끝나고 내 차례가 되었다. 무대에 딱 서는 순간 가슴이 두근거리고 다리가 앞으로 나가지를 않았다. 두 손을 깍지 끼고 꽈배기를 만들어 얼굴을 가리고 뒷걸음질만 쳤다. 그러기를 몇 분, 사람들의 웃음소리와 웃는 얼굴이 눈에 들어왔고 선생님이 어서 하라며 손짓을 하고 있었다. 그제야 정신을 가다듬은 나는 노래를 불렀다. 지금 생각해도 아찔한 그 모습은 아직도 생생하게 내 기억에 남아 있다.

심지어 나는 사람을 만나기를 무서워하기까지 했다. 초등학교 고학년 때부터 아버지가 목장에서 책임자로 일을 하셨는데 사장님 아들이 방학을 맞이하여 우리 집에 온 적이 있다. 그는 대학생이었고 나는 중학교 1학년이었다. 부모님이 목장에서 일을 하시고 동생 둘과 나만 있는 시간이었다. 내가 부엌에서 저녁을 하고 있었는데 "안녕하세요." 하며 낯선 사람이 불쑥 들어온 것이다. 아침에 아버지로부터 사장 아들이 온다는 소식을 들은 터라 금방 알 수 있었다. 나는 머뭇거리며 겨우 "안녕하세요." 라고 인사를 했지만 그 아들이 마루에 걸터앉아

있는 동안, 동생들에게 손짓을 하며 얼른 오라고 했다. 그리고 동생 둘을 데리고 몰래 부엌 뒷문으로 해서 담을 넘어 도망을 가버렸다.

이처럼 나는 어릴 때 굉장히 부끄러움이 많았다. 친척들이나 아버지 친구들을 만나면 "안녕하세요." 하고 인사를 하면 될 것이고 용돈을 주시면 "감사합니다." 하고 받으면 되는 것을 그 당시에는 왜 그러지 못했을까? 목장 사장님 아들에게 물 한잔 대접하고 하던 일을 계속해서 할 수도 있고 이야기를 걸어오면 대답을 해 줄 수도 있었을 텐데 왜 그러지 못한 것일까? 지금 생각하면 아무것도 아니지만 그 당시에 내가 얼마나 수줍음이 많고 남 앞에 나서기를 싫어했는지 알 수 있는 장면들이다.

작년에 나는 처음으로 중학교 총동창회 및 정기총회에서 사회를 보았다. 동문이나 동창생들 앞에서 사회를 본 것은 처음이었다. 평소에 조용하게 있는 내 모습과는 달리 무대에서 사람들을 이끌며 종횡무진 활동하는 내 모습에 많은 친구들이 놀라고 감탄한 것 같았다.

한 남자 동기는 내가 구두를 벗고 맨발로 사회를 보는 모습이 너무나 멋지고 그 열정에 반했다고 말하기도 했다. 사실 쥐가 나서 벗었는데 그 모습을 좋게 보았던 것이다. 또 한 친구는 "우리 오빠가 그러는데 너 사회 너무 잘 본다 하더라. 순간순간 말하는 재치가 장난이 아니라 하던데" 라고 하기도 했다. 다른 음악회나 행사 사회를 보고나면 사람들이 내게 말하는 재주가 타고 났다 무대체질이다 라고 하는 사람들이 많다.

그러나 앞에서 말했듯이 나는 결코 스피치 실력을 타고 나지 않았다. 내성적이고 겁도 많고 말도 잘하지 못했다. 다른 사람 앞에 서기를 두려워했었다. 내 마음의 소망을 따라 다른 친구들보다 열심히 노력했을 뿐이다. 포기하지 않고 노력하고 노력해서 현재 프리아나운서 및 MC로 대중 앞에서 말을 하며 행사를 진행하는 일을 하게 된 것이다. "나는 원래 부끄럼이 많고 사람들 앞에서 말을 못해" 라며 스스로를 포기하고 부끄러움을 그대로 간직하고 있었다면 여러 사람의 부러움과 관심을 사는 현재의 직업을 결코 갖지 못했을 것이다.

루스벨트 대통령은 포기하지 않고 꾸준히 연습을 해서 말을 잘 할 수 있었다. 그리고 나도 수줍음을 떨쳐 버리기 위해서, 사람들에 대한 두려움에서 벗어나기 위해서 나름대로 수많은 노력을 했기 때문에 무대에서 말을 하는 직업을 가지게 된 것이다.

말하는 능력을 타고 나는 사람은 거의 없다. 아이가 하나의 단어를 말하기 위해서는 삼천 번 이상을 들어야 하고 한 걸음을 걷기 위해서도 몇 천 번의 시행착오를 겪어야 한다는 것은 누구나 알고 있지 않은가. 모두가 수많은 연습을 한 후에 말을 잘하게 되는 것이다. "나는 할 수 있다. 말을 잘할 수 있다." 라고 말하며 자신에게 최면을 걸어보자.

말을 잘하기 위한 요소 중에서 외모라든지 목소리는 어느 정도 타고난다고 할 수 있지만 그 밖의 다른 많은 요소들은 열심히 노력하면 얻을 수 있고 가질 수 있는 것이다.

당신도 포기하지 말고 용기를 가져라. 연습하면 분명히 지금보다 훨씬 말을 잘 하게 된다. 포기는 배추나 상추 시금치를 셀 때나 사용하면 되는 단어이다. 말을 잘하는 사람이 되어야겠다고 간절히 바라고 노력하면 당신은 어느새 멋진 스피치 능력을 갖춘 사람이 되어 있을 것이다. 그런 당신의 모습을 상상해 보라. 얼마나 멋진가!

07

말하기, 자주 해 본 사람이 잘한다

경험만큼 좋은 스승은 없다는 말이 있다. 말하기를 많이 해 본 사람들이 앞에 나와서 말을 잘한다. 어렸을 때 반장이나 회장을 해본 경험이 있거나 사회에 나가 모임에서 자기소개나 건배사 프레젠테이션, 보고 등 스피치를 해 본 사람들이 경험이 많기 때문에 훨씬 잘 할 수밖에 없다. 스피치는 청중 앞에서 얼마나 자주 이야기를 해봤는지가 무척 중요하다.

내가 처음으로 대중 앞에서 음악회 사회를 본 것은 이천이 년인가 다. 당시 아는 사람이 음악회 사회가 들어왔는데 일정이 겹쳐서 못하게 되었다며 나에게 대신 해 보라고 전화를 했다. 자기가 가지고 있는 원고를 참고로 해서 내용을 진행하면 되니 어렵지 않다고 했다. 대중 앞에서 사회를 보는 일은 한 번도 안 해보았기 때문에 고민이 되었다. 하지만 생각해 보니 나는 대중 앞에서 웅변을 해왔다. 교회에서도 아나운서로 봉사를 하고 있었다. 또 잠시 짧은 기간이었지만 모 방송국 라디오 리포터도 하지 않았던가. 일단 생각이 여기까지 이르자 수락을 하고 말았다.

사람은 누구나 해 보지 않은 일을 처음 할 때는 아주 떨린다. 하지만 어차피 하겠다고 한 일이면 열심히 하는 게 상책이다. 프로그램을 보고 출연자와 출연자들의 곡을 찾아보며 일일이 공부를 했다. 그리고 지인으로부터 받은 원고를 훑어보고 비슷하게 원고를 작성했다. 원고를 보며 달달달 외웠다.

드디어 공연이 있는 날이다. 그런데 수없이 연습을 했지만 막상 무대에 서니 너무 떨리고 긴장이 되었다. 내 소개를 어찌어찌 하긴 했는데 버벅거리고 입이 꼬이는 현상이 나타났다. 그리고 어떻게 순서가 진행되었는지도 모르게 시간이 흘렀다. 마지막 출연자의 마지막 곡이 끝났다.

안도의 숨을 내쉬려는 순간, 갑자기 객석에서 '앵콜' 이라는 말이 나왔다. 잠시 뒤 그 말은 여러 사람의 외침이 되었다. 마치 천둥과 같이 큰소리로 공연장에 울려 퍼지기 시작했다. 너무나 놀란 나는 그만 "으악, 살려주세요, 방실이 언니!" 라고 외쳤다. 마지막 출연자가 대중가수 방실 씨였기 때문이다.

지금 생각하면 오히려 그 멘트가 당시의 분위기를 아주 극적으로 끌고 가는 멘트라는 생각이 들기도 한다. 하지만 그 당시에는 앙코르에 대한 생각은 전혀 안 했고 앙코르가 나왔을 때 어떻게 할 것인지 전혀 준비하지 않았기 때문에 너무나 당황했던 것이다. 이것은 모두 내가 무대에 처음 서 보았기 때문이다. 여러 번 무대에 서본 경험이 있다면 전혀 그렇지 않았을 것인데 말이다. 만약 지금이라면 아주 편안하고 능숙하게 애드리브를 친다. 오히려 미리 앙코르를 해달라고 주문을 하기도 한다. 앙코르를 외치는 목소리가 작다면 더 크게 유도를 할 수도 있다.

나는 처음 프리 아나운서 MC로 활동할 때는 원고를 꼭 썼다. 그리고 달달달 외웠다. 잘하다가도 가끔 갑자기 입이 꼬이거나 막힐 때가 있다. 완벽을 추구하는 성격이라 다시 틀린 부분을 반복해서 하게 된다. 그러면 틀렸다는 것을 확실하게 노출시켜 오히려 역효과가 난다. 또한 현장에서의 분위기나 상황이 조금이라도 다르거나 일이 분의 시간이라도 나면 무슨 말을 해야 할지 몰라 무척 난감했었다.

가끔 큰 무대 행사를 남녀 둘이서 보는 경우가 있다. 그때는 한 두 시간 전에 만나서 어떻게 진행할 것인가를 의논한다. 그럴 때면 속으로 나는 무척 긴장되고 걱정이 되었다. 무슨 멘트를 어떻게 할 것인가 하는 생각이 들기 때문이다. 그러는 사이 베테랑 선배는 바로 "이렇게 저렇게 합시다."라고 제안을 한다. 그러면 나는 그대로 따라가고 그 날 행사는 잘 끝난다. 경력이 많은 MC와 같이 행사를 진행하면 참 편하다. 설령 내가 조금 부족한 멘트를 하거나 약간의 실수를 해도 나를 잘 받쳐 주기 때문이다. 나는 그런 선배 MC들이 참 부러웠는데 십년이 지나고나니 내게도 그런 능력이 생겼다.

지금은 원고를 미리 쓰지 않을 때가 많다. 순서지만 달랑 갖다 주고 진행하라고 해도 매끄럽게 진행할 수 있다. 이렇게 되기까지 나는 수십 번 무대에 서 보았다. 크고 작은 무대를 합치면 수백 번이 될 수도 있다.

내 아들은 네살부터 웅변 무대에 섰다. 엄마 아빠가 웅변학원을 운영했으니 당연히 기회를 많이 가질 수 있었다. 마산 창원에 웅변대회가 있을 때마다 참여를 했고 타 지역에 행사가 있을 때도 거리를 가리지 않고 출전을 시켰다. 그런 경험들이 아들에게 큰 재산이 되어 돌아왔다. 현재 아들이 고등학생인데 학교에서 말하기 대회를 한다. 2학년 때 있었던 교내 말하기 대회에 두 명이 한 팀으로 출전을 해서 1등을 했고 개인별 심사에서도 일등을 해서 2관왕이 되었다. 또한 친한 친구가 전교회장에 출마할 때 선거 연설원으로 도움을 주었다.

"너 혹시 아나운서가 꿈이니?"

"너 아나운서 하면 되겠네!"

아들의 말하기가 끝나자 듣고 있던 선생님들이 일제히 하신 말이다.

내 딸은 말하기를 참 좋아한다. 나는 옥상에 하늘정원을 만들어 여러 가지 채소를 심어서 키운다. 따뜻한 봄, 여름, 가을에는 저녁때마다 올라가서 물을 주기도 하고 벌레를 잡아준다. 그럴 때면 내 옆에 꼭 붙어서 그림자처럼 따라오는 사람이 있는데 바로 내 딸이다. 내가 옆에서 일을 하면 딸은 내 휴대폰을 가지고 현장을 말로 표현하며 영상을 찍는다. 내레이터이기도 하고 리포터이기도 하다. 내가 일을 끝내면 그것을 틀어서 같이 보고 한참을 키득거리며 보낸다. 옥상에서고 집 안에서고 딸은 특별한 상황이나 관심분야가 눈에 띄면 무엇이든 녹화를 한다. 리포터가 말하듯이 설명을 하면서.

어느 날 학부모 상담 시간에 딸의 담임을 만나러 갔다. 선생님과 여러 대화를 나누었는데 특히 기억에 남는 것은 딸이 조리 있게 말을 잘한다는 것이다. 딸은 내가 무대에 나가기 전에 연습하는 것을 많이 보고 들었다. 그리고 어떤 상황을 설명하며 영상을 만드는 연습을 수없이 하기 때문에 말을 잘하는 것이다.

아들이 과연 어려서부터 무대에 서지 않았다면 오늘날의 모습을 볼 수 있었을까? 그리고 우리 딸이 동영상을 찍으면서 말하기 연습을 하지 않았다면 과연 선생님께 말 잘한다고 칭찬을 받을 수 있었을까? 절대 그렇지 않다. 나는 아주 내성적이고 부끄러움이 많은 성격이었다. 남 앞에서 인사도 못할 정도로 소심했다. 그리고 남편에게 물어보아도 자기는 조용하며 나서는 성격이 아니라고 한다. 자식은 부모의 성격을 닮는다고 하지만 우리 아이들은 내성적인 부모의 원래성격을 닮지 않았다. 어려서 부터 말하는 모습을 많이 보고 자주 말을 해 보았기 때문에 오늘날 아이들의 모습이 만들어 진 것이다.

현재 잘 나가는 스피커 하면 김미경 강사를 떠올리는 사람이 많다. 이 인기 많고 베테랑인 강사도 그의 책에서 20년 전에는 청중 앞에서 벌벌 떨었다고 한다. 떨지 않으리라 수없이 많은 다짐을 했지만 자신도 모르게 입술이 떨리고 손이 떨리고, 머릿속은 백짓장이 되곤 했다는 것이다. 그녀는 정확히 100번의 강의를 하면서부터 안 떨리기 시작했다고 한다.

당신도 말을 잘하고 싶은가? 그렇다면 자주해 보라. 가족을 앞에 앉혀 놓고 말하기를 해 보라. 친구 앞에서 말하기를 해 보라. 그리고 조금 더 많은 사람이 있는 자리에서 말을 해 보라. 아니면 내 딸처럼 휴대폰을 켜고 동영상을 찍어 좋아하는 사물이나 현상을 말로 표현하는 연습을 해보는 것도 좋다. 기회가 될 때마다 아니면 기회를 만들어 자주 말하기를 해 보라. 당신도 어느 순간에 말하기의 달인이 되어 있을 것이다.

CHAPTER

03

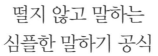

떨지 않고 말하는
심플한 말하기 공식

말하기는 역시 콘텐츠다.
콘텐츠가 제대로 되어 있지 않은 말하기는 무용지물이다.
언젠가 내가 사람들 앞에서 말할 때 멋진 콘텐츠가
되어 당신을 빛나게 할 수 있다.

01

말하기의 핵심은 콘텐츠다

대학시절 남편은 DJ로 알바를 했다. 하루는 그를 따라 일하는 곳에 가게 되었다. 사람들이 삼삼오오 짝을 지어 테이블에 앉아 이야기를 하고 있었다. 학교와 집 교회밖에 모르던 나에게는 너무 생소한 곳이었다. 남편은 음악실에 들어가 오프닝 멘트를 했다. 그리고 그를 보기 위해서 온 팬들의 신청곡을 들려주었다. 여러 에피소드를 곁들이며 한 곡 한 곡 들려주는 모습이 너무나 멋졌다. 스피커를 통해 흘러나오는 그의 목소리가 굉장히 좋았다.

남편과 전화를 할 때면 그에게서 맥가이버 목소리가 났다. 당시 최고의 성우는 배한성 씨였는데 그가 『맥가이버』에서 맡은 주인공 역할이었다. "자기 목소리에서 배한성 씨 목소리가 난다." 라고 말하면 남편은 한참을 웃었다. 나는 사람을 구별할 때 목소리로 구별하는 경향이 있다. 목소리가 좋은 사람은 매력적이다. 나는 목소리만 들으면 누가 누구인지 금방 구별을 하는 편이다.

말을 할 때 목소리가 좋은 사람이 발표를 하면 귀가 솔깃해지고 관심 있게 듣기 마련이다. 하지만 목소리가 멋있고 외모가 출중하더라도 내용이 형편없다면 말을 잘하는 사람이라고 할 수 없다. 목소리가 작고 발음이 안 좋아도 흥미 있는 내용을 말하면 관심을 가지게 되는 것은 내용이 그만큼 중요하다는 것이다.

예전에 '고객응대 비법'이라는 주제로 강의를 들은 적이 있다. 200명 정도의 청중이 있었다. 여자 강사였는데 강의가 너무 재미있었다. 여기저기서 킥킥거리는 소리가 계속 나는가 싶더니 큰소리로 옆 사람을 치고 난리였다. 듣는 내내 얼마나 웃었든지 진짜 배가 아파서 뭉친 듯한 느낌마저 들었다. 그런데 강의가 끝나고 나서는 어떤 내용이었는지 기억도 나지 않는다. 단지 재미있었다는 생각만 뇌리에 남았다. 좋은 강의였다면 재미있게 끝났어도 주제와 몇 가지 내용은 머릿속에 남아 있어야 되는데 그렇지 못했다.

그리고 모 교회에서 설교를 들었을 때도 마찬가지였다. 그 목사님은 성도를 대상으로 한 설교에서 아이들에게 하듯이 설교를 했다. 목소리를 통한 동극 수준이었다. 설교 내내 웃음을 참지 못하고 웃다가 끝났다. 역시 끝난 뒤에는 설교 내용이 무엇이었는지 기억도 나지 않았다. 너무 재미있게 웃었다는 생각밖에 없었다.

기업체 강사와 목사님은 콘텐츠를 중요하게 생각하지 않았다. 청중을 어떻게 웃길 것인지 표현하는 기법에만 신경을 쓴 것 같았다. 이러한 스피치는 들을 때는 재미있게 듣지만 시간이 지나고 나면 청중의 가슴에 남는 게 없다.

좋은 스피치는 청중의 가슴을 울린다. 청중의 가슴에 오래 남아 감동을 준다. 그리고 청중의 행동까지도 변하게 한다. 사람들의 삶에 커다란 긍정적 변화를 줄 수 있는 스피치가 좋은 스피치인 것이다.

한비야 씨 강의는 그녀의 삶만큼이나 역동적이다. 그녀의 강의를 통해 콘텐츠의 힘이 강하다는 것을 느낄 수 있었다. 하지만 말투가 다소 빠르고 톤도 하이 톤이다. 그런데도 사람들이 그녀의 강연에 흥미를 갖고 빠져 드는 이유는 그녀의 삶이 특별한 삶이었기 때문이다. 그녀는 오지탐험 여행가이며 작가이고 난민 운동가였다. 그녀가 난민을 돕거나 오지를 다니며 보고 들은 것을 자신의 관점과 시각으로 사람들에게 풀어놓았다. 비록 전달하는 데는 다소 약간의 단점이 있더라도 그녀는 콘텐츠가 탄탄했기 때문에 많은 사람들에게 사랑을 받을 수 있었던 것이다. 탄탄한 내용 없이 겉만 번지르르 했다면 아무도 그녀의 말에 귀 기울이지 않았을 것이다. 목소리라든지 억양 등은 탄탄한 콘텐츠 이후에 필요한 조건이다.

　나는 복지관에서 일 주일에 두 번씩 한글강의를 하고 있다. 한글을 이제 막 떼신 분들이다. 이들은 읽기는 어느 정도 하는데 쓰기가 힘들어서 공부를 하러 나오신 어른들이다. 참석하는 분은 예닐곱 명이다. 나는 한글을 가르치고 가끔은 말하기 차원에서 어떤 주제를 놓고 자기의 생각을 발표하는 시간을 준다. 그런데 발표를 시키면 서로 "나는 못한다. 말 주변이 없어서 못해." 하시다가도 막상 무대에 나오시면 언제 시간이 지났나 싶게 열중하여 말씀을 하신다. 그분들은 사투리도 쓰고 억양이나 말투도 촌스럽다. 하지만 그들의 이야기는 귀가 솔깃해져서 잠시라도 한눈팔 수 없게 만든다. 그들의 이야기에는 그들과 함께 한 세월과 삶의 노하우가 다 녹아있기 때문이다. 말하기 수업이 끝나면 그들에게 말한다. "우리 반 어머니들은 모두 다 강연가십니다. 말씀을 너무 잘하세요."

　나는 유치부 아이들 수업부터 초등학생 중학생 일반인들을 대상으로 스피치나 기타 과목으로 강의를 해왔다. 대상들이 모두 나름의 특징이 있고 재미가 있지만 내게는 한글 수업을 하는 어르신 수업이 제일 재미있고 매력적으로 다가온다. 다른 수업은 내가 일방적으로 학습대상자를 가르치지만 어르신 수업을 할 때는 내가 배우는 시간이다. 여든이 다 되어 가는 나이에도 불구하고 배우고자 하는 그들의 자세와 열정부터 삶의 지혜를 배운다. 내가 그들의 선생이 아니라 그들이 오히려 나의 선생이다. 그들을 통해서 나는 더 성숙해진다.

어르신들의 이야기 속에는 정말 콘텐츠가 살아있다. 이분들의 고향이 경상도에서도 시골이기 때문에 억양이 억세다. 말투도 투박하다. 그리고 목소리도 작고 발음도 엉성하다. 세련된 몸짓언어도 없다. 하지만 그들의 이야기 속에서 콘텐츠만은 빛난다. 그 콘텐츠 속에서 그들은 살아있다. 그리고 그 콘텐츠는 진한 감동으로 다가온다. 화려한 언변이 없어도 보통 사람들의 진솔한 이야기는 가슴을 뭉클하게 하기에 충분하다. 진정성 있는 이야기 앞에서 스피치 스킬이 그리 중요한 요소가 되지는 않는다.

콘텐츠를 구성할 때는 서론 본론 결론으로 나누어서 구성하라. 서론은 흥미로운 사례나 최근에 일어난 재미있는 이야기를 하거나 질문을 던져서 집중을 하게 하면 된다. 서론만큼 중요한 것이 결론이다. 말한 내용을 잘 정리해서 다시 한 번 들려주어 기억하게 하라. 또 본론을 소제목 3개로 나누어 에피소드를 섞어가며 이야기하면 된다.

내용을 전할 때는 논리적이어야 한다. 내용에 알맞은 근거가 있고 들으면 그럴듯해야 한다. 표현성이 좋아야 한다. 재미있게 이야기 하는 능력이다. 기쁘거나 슬플 때 등 감정 표현을 잘해야 한다. 적절한 곳에서 적절한 말을 하는 적시성이 있어야 한다. 분위기를 제대로 파악하지 못하고 엉뚱한 말을 하는 것이 아니라 정말 필요한 곳에 알맞은 내용을 말하는 것이다.

말하기는 역시 콘텐츠다. 콘텐츠가 제대로 되어 있지 않은 말하기는 무용지물이다. 하루하루 최선을 다해 진정성 있게 살자. 만나는 사람에게 관심을 갖고 따뜻하게 바라보자. 신문이나 잡지, 텔레비전, 책 등을 볼 때 꼼꼼하게 메모를 하거나 자료가 될 만한 것은 모아보자. 언젠가 내가 사람들 앞에서 말할 때 멋진 콘텐츠가 되어 당신을 빛나게 할 수 있다. 진정성 있는 콘텐츠는 당신을 스타 강사의 반열에 올려놓을 것이다.

02

미리 청중과 스피치 할 장소 파악하기

1984년 도쿄에서 열린 국제마라톤 대회에서 무명의 한 선수가 우승했다. 그에게 우승 비결을 묻자 "지혜로 우승했습니다." 라고만 했다. 그로부터 2년 후 이탈리아 국제 마라톤 초청 경기가 열렸다. 그는 일본 대표로 출전해서 또 다시 우승을 거머쥐었다. 눈치를 챘는지 모르지만 그가 바로 일본의 야마다 모토히치 선수다. 기자들이 우승 비결을 물었을 때 그의 답은 2년 전과 똑같았다. "지혜로 우승했을 뿐입니다." 기자들은 그의 말뜻을 이해하지 못했다. 10년 후가 되어서야 비로소 궁금증을 풀 수 있었다. 그의 자서전에서 우승 비결을 이렇게 말하고 있다.

"매번 시합을 하기 전에 나는 차를 타고 코스를 한 바퀴 둘러본다. 자세히 주위를 살펴보며 눈에 띄는 표지판과 건물들을 꼭 기억해 두었다. 예를 들면 첫 번째 표지는 은행이고 두 번째 표지는 커다란 나무이며 세 번째 표지는 붉은 건물....... 이런 식으로 결승 지점까지 눈에 띄는 것들을 기억했다. 경기가 시작되면 100미터 달리기의 속도로 첫 번째 표지를 향해 뛰었다. 이렇게 몇 개의 목표로 나눈 다음 나는 40여km를 아주 가볍게 뛰었다."

그의 말대로 그는 지혜로 이겼다고 할 수 있다. 그런데 그가 지혜로 이길 수 있었던 것은 바로 시합할 장소를 찾아가서 살펴볼 수 있었기 때문이다. 현장을 찾아가지 않았다면 결코 각 부분의 표지판과 건물들을 알 수 없었을 것이다. 그리고 지혜롭게 계획을 세울 수 없었고 우승할 수도 없었을 것이다. 그러므로 이 일화를 통해 지혜보다는 시합 장소를 찾아서 파악했다는데 더 큰 의미를 두는 게 맞지 않을까?

말하기에서도 스피치 할 장소와 청중을 파악하는 일은 아주 중요하다.

나는 한 때 시낭송대회에 자주 나갔다. 경남 지역은 물론이고 서울 부산 광주 강원도에 이르기까지 여러 지역을 다녔다. 내가 무대의 주인으로 사회를 보는 것과 심사를 받는 출연자로서 무대에 서는 것은 상당히 다르다. 사회를 볼 때는 내가 청중을 모시는 주인 입장인데 대회는 내가 심사를 받는 을의 입장이라고 할까? 대회가 훨씬 더 떨린다. 사회는 내가 늘 먹는 밥이라면 대회는 가끔 먹는 특식이다. 밥은 만날 먹으니 익숙하지만 특식은 안 먹어본 것이거나 가끔 먹어보는 것이라 낯설고 적응이 쉽지 않을 때가 있는 것처럼 말이다.

시낭송대회를 자주 나가다 보면 아는 얼굴들이 많아진다. 대부분의 출연자들이 이 대회 저 대회 가리지 않고 자주 나가기 때문이다. 서로 아는 얼굴이 많아서 화기애애한 분위기를 연출하기도 한다. 그러다 보면 어디서 또 대회가 있는지 부터 다양한 이야기를 듣는 것은 당연하다. 이번 대회에서 누구는 하루 전날 도착해서 호텔에 자리를 잡았단다. 그리고 당일 아침에 일찍 와서 무대 위에서 몇 번씩 연습을 했다고 한다. 결국 그 사람은 대회장소를 눈 안에 넣어서 익숙한 장소로 만들었다. 결과도 좋았다. 그가 영예의 대상을 받은 것이다.

이 일이 있은 후 시낭송대회에 나가면 나도 무대를 익숙하게 하려고 애를 썼다. 2001년인가 한 대회에 참가했다. 큰언니가 동행을 해주었다. 아는 얼굴이 많이 있었다. 하기야 얼마 전에 있었던 대회에서 거의 만난 얼굴이었다. 그들은 한 단체에 속해 있는 회원들이고 무리를 지어서 참가했다. 무대에서 연습을 하며 의기양양한 분위기였다. 나도 틈을 이용해 무대에 올라갔다. 마이크를 잡고 연습은 안했지만 청중이 있다고 생각하고 무대를 천천히 둘러보았다. 내 눈 속에 무대를 집어넣었다. 마음이 안정이 되었다.

대회 시작 30분 전에 제비뽑기로 출연순서를 정했다. 하필 내가 1

번이 되었다. 1번은 긴장이 많이 되고 떨린다. 사람들이 기피하는 번호다. 하지만 난 마음을 굳게 먹었다. '1번이면 더 좋지. 긴장하지 말고 내가 연습한 대로만 하면 돼. 난 잘할 수 있어. 빨리 끝내고 느긋하게 다른 사람이 하는 것을 구경하는 거야.' 난 진심을 다해 연습한대로 차분히 강약을 조절하며 시속에 빠져 낭송을 했다. 그리고 많은 박수를 받고 무대에서 내려왔다. 모든 출전자들의 낭송이 끝나고 드디어 심사시간!

"오늘의 최고상인 최우수상은 1번으로 낭송한 김채선 낭송가입니다."

다들 낭송을 잘하는 것 같아서 누가 최고의 상을 받을지 판단이 안 섰다. 그런데 내가 최고의 상 주인공이라니 너무 기뻤다.

"제가 일등 먹은 것을 얼른 아버지께 알려드리고 싶습니다. 백혈병으로 투병하고 계신 아버지를 조금이라도 기쁘게 해드리고 싶습니다."

소감을 말하자, 심사위원과 사회를 보시는 분이 나를 효녀라고 추켜 세워주었다. 통쾌하고 기분 좋은 하루였다. 확실히 미리 무대에 서볼 때와 그렇지 않을 때는 차이가 난다. 무대 경험을 많이 쌓지 못한 초보일 경우에는 더더욱 그렇다.

광주에서 열린 대회였다. 무대가 넓은 곳도 아니었다. 먼 거리여서 버스를 타고 가니 겨우 시작 시각에 맞춰서 도착을 하게 되었다. 자연히 난 무대 한 번 서 보지도 못하고 대회에 임할 수밖에 없었다. 그날 따라 많이 긴장이 되었다. 결국 중간에 내용을 잊어버리고 처음부터 다시 하는 일이 발생했다. 수상과는 거리가 멀었다.

프레젠테이션의 대가인 스티브 잡스도 몇 주 전부터 현장에 찾아간 다고 한다. 거기서 동선 하나 하나를 체크하며 무한 리허설을 한다는 것이다. 역시 잘하는 사람은 스피치 할 장소를 미리 파악한다. 미리 장소를 파악하니까 잘 할 수 있는 것이다. 청중이 어떤 부류인지도 파악을 해야 한다. 그래야 그 나이 대에 맞거나 좋아하는 말투와 의상으로 다가갈 수 있다. 그들이 좋아하는 의상이나 친숙함을 줄 수 있는 의상을 입을 수 있고 그들 수준에 맞는 내용을 준비할 수가 있는 것이다.

나는 특히 행사가 있는 날 사회자로 가게 되면 적어도 두 시간 전에 장소에 도착한다. 무대 위로 올라가서 마이크 테스트도 하고 청중이 앉을 자리를 내려다보기도 하며 전체적인 장소를 마음속에 새긴다. 미리 온 청중이 있다면 가까이 다가가 이야기도 한다. 그리고 그들과 한 이야기를 본 행사가 진행되는 동안 하나씩 꺼내어 멘트를 하는데 그럴 때는 반응이 좋다.

배짱이 두둑한 사람은 무대장소에 미리 가 보지 않아도 잘할 수 있다. 청중이 누구든 빨리 적응해서 잘할 수 있는 것이다. 그러나 대부분의 사람들은 낯익은 장소가 편하다. 낯익은 장소에서 발표를 하면 훨씬 잘하게 된다.

무대에서 떨지 않고 편하게 스피치 하고 싶은가? 그렇다면 부지런 해져라. 청중이 누구인지 연령대는 어떻게 되며 노인인지 어린인지 청중에 대해서 정확한 데이터를 확보하라. 무대의 크기와 객석은 얼마나 되는지 등을 알아야 된다. 익숙할수록 편하다. 편할수록 떨지 않고 자연스럽다. 편안하고 자연스러운 분위기에서 사람들에게 내 의사를 잘 전달해보라. 그러면 스피치도 훨씬 전달력 있게 청중의 가슴에 전해지게 된다.

03

파워 포인트를 그대로 읽지 마라

한 십 년 다 되어 가는 일이다. 몇 번 일을 같이 한 프로덕션 사장에게서 전화가 왔다. "도에서 주관하는 일인데 업체를 모집한다고 하네요. 이번에 일을 따서 사업을 하려고 하니 프레젠테이션을 좀 해 주세요." 나는 그 당시에 한 번도 PT를 해보지 않았기 때문에 좀 망설였다. 자기업체가 규모도 제일 크고 자금력도 좋아서 따 논 당상이라고 했다. 그냥 보고 읽으면 된다고 해서 겨우 승낙을 했다. 프로덕션 사무실에 두세 번 찾아가서 만들어 놓은 내용들을 눈으로 보고 말로 표현하며 연습을 했다.

몇 번씩 연습하고 이틀 후에 발표장으로 갔다. 공개 심사가 있는 날이다. 업체가 많이 참여를 하지는 않았다. 모두 다섯 팀이 참여를 했다. 내가 세 번째 순서로 발표를 했다. 또박또박 씌어있는 대로 줄줄 읽었다. 발표가 끝나자 심사위원들이 몇 가지 질문을 했다. 그런데 나는 곧바로 질문에 답을 하지 못하고 머뭇거리고 있었다. 그때 나랑 같이 간 프로덕션 담당자가 대신 설명을 했다. 시간이 흐르고 잠시 후 결과가 발표되었다. 내가 프레젠테이션을 했던 지인 사업체는 떨어지고 말았다. 선정된 업체는 규모가 작은 곳이었다. PT를 부탁한 사장에게 미안했다. 부담 갖지 말고 읽어주면 된다고 해서 시작한 일이지만 입찰에 성공하지 못했기 때문이다.

그 후에 나는 프레젠테이션을 어떻게 해야 하는지 공부를 했다. 파워 포인트는 여러 사람 앞에서 자신의 생각을 발표할 때나 공동작업을 할 때 사용하는 파일의 하나다. 시각적인 보조 자료로 활용할 수 있도록 구성되어 있다. 설득과 논리가 필요한 말하기라면 파워 포인트를 사용하면 된다. 여러 사례나 통계를 필요로 하거나 근거 자료를 보여야 신뢰도가 높아지는 강연에서 사용하면 효과적이다. 감동과 설득을 해야 하는 강연에서는 굳이 파워 포인트를 쓸 필요가 없다. 여기서는 강사의 말이 가장 중요한 도구다. 강사의 표정과 몸짓, 연기, 스피치 내용으로도 충분히 감동을 줄 수가 있기 때문이다. 유명 스피치 강사인 김미경 씨는 그의 저서에서 파워 포인트를 거의 쓰지 않는다고 했다. 파워 포인트는 정말 써야 할 때 써야 효과가 있다는 것을 다시 한 번 기억하기 바란다.

지금부터 간단하게 파워 포인트를 만들어 보자. 먼저 주제를 정하고 청중 앞에서 할 말을 100퍼센트 적어보자. 첫인사, 자기소개, 질문, 에피소드, 유머까지 자세히 적는다. 그것도 내가 말하기 쉽게 나의 언어로 적는 것이다. 이것은 프레젠테이션의 전체 설계도인 셈이다. 시간에 맞춰 분량을 조절하며 적어야 한다. 전체 발표 내용을 다 적었다면 이것을 가지고 리허설을 한다. 소리 내어 몇 번씩 읽어 본다. 자연스럽게 말하듯이 읽을 수 있을 때까지 연습한다. 이번에는 간략하게 요약해 보자. 대략의 내용을 이해할 수 있을 정도로 요약하면 된다. 요약본만 보고도 구체적으로 할 말을 떠올릴 수 있다.

이번에는 핵심 키워드로만 정리해 보자. 잔가지는 다 쳐내고 굵은 줄기만 남기는 것이다. 이 키워드가 바로 시각 자료에 들어갈 내용이 된다. 아주 간단하게 정리해서 핵심 키워드와 이미지를 정한다. 바로 이것을 슬라이드로 만들면 된다.

스티브 잡스는 암시적인 그림과 몇 가지 기호로 사람들의 상상을 자극한다. 예를 들면 '1 vs 32000'이라고 숫자를 적어 놓는다. 그리고 자기 회사의 제품 한 대가 32000명을 고용하는 것과 같은 효과가 있다는 식으로 설명한다. 가능하면 파워 포인트 슬라이드 내용은 간결하게 만드는 것이 효과적이다. 파워 포인트는 스피치 설계도를 먼저 생각하고 슬라이드를 추가하는 식으로 만들어야 한다. 어떤 부분에서는 도표로 어떤 부분에서는 키워드나 그림 등 가장 효과적인 자료를 준비해야 한다. 디자인도 멋지게 만드는 것이 좋다.

작업을 완성한 후 슬라이드만 보고 리허설을 한다. 프레젠터는 전체 흐름을 충분히 꿰뚫고 있어야 한다.

마지막으로 할 것이 남았다. 프레젠테이션의 달인 스티브 잡스도 몇 주 전에 현장에서 동선 하나 하나 체크하며 무한 연습을 했다고 한다. 그렇다면 우리도 현장 방문 리허설은 꼭 해야 하지 않을까? 혹시 그것이 불가능하다면 잠깐 방문을 해서 장소라도 눈에 익혀야 한다. 담당자와 대화를 통해 발표장소의 크기, 청중의 수, 예상 참석 인원을 알아보아야 한다. 그리고 마이크의 사용유무, 무대의 높이와 크기, 조명 등 여러 사항을 미리 체크해야 한다. 그리고 당일에 최대한 일찍 가서 한 번 연습을 해 보는 것이 좋다. 아니면 최대한 들은 내용을 머릿속으로 상상하며 리허설을 해야 한다. 이 정도 연습이 끝나면 이제 나를 믿고 자신감을 갖고 무대에 서면 될 것이다.

자 , 그럼 처음에 꺼낸 나의 프레젠테이션 이야기로 돌아가 보자. 나는 지인의 입찰 프레젠테이션 원고를 직접 쓰지 않았다. 거기서 써준 원고를 받아서 줄줄 읽는 수준에서 진행했다. 그러니 전체적인 내용을 내가 머릿속에 숙지하고 있지 못했다. 아주 부드럽게 소리 내어 말하는 목소리만 빌려준 것이다. 모르니까 질문에 대답을 할 수가 없었다. 만약 내가 원고를 직접 썼다면 그런 일은 일어나지 않았을 것이다.

또한 내가 보고 읽은 파워 포인트는 간결하게 만든 것이 아니고 내용들이 너무 많았다. 이미지들도 화면 가득 들어가 있었다. 사람들의 흥미와 집중을 유발할 수 있는 슬라이드가 아니었다.

내가 자연스럽게 읽을 때도 써진 순서대로 읽었다. 위에서부터 아래로, 목표에서부터 세부 내용으로 순차적으로 읽어갔다. 그러는 동안 읽기가 빠른 청중은 내가 말을 끝내기도 전에 다 읽었을 수도 있다. 그러면 흥미는 떨어지는 것이다. 파워 포인트는 거꾸로 읽어주면 청중을 집중시킬 수 있다. 세부내용을 먼저 읽고 큰 덩어리를 말하는 것이다. "다음은 효과입니다. 효과에는 이러한 효과, 저러한 효과가 있습니다." 보다는 "이러한 것 저러한 것 등의 효과가 있습니다."

중간부터 읽어서 앞부분과 뒷부분을 넘나들며 내용을 자연스럽게 말할 있어야 하는데 그러지도 못했다.

스티브 잡스의 프레젠테이션은 한 편의 영화와 드라마 같은 종합예술이다. 동영상, 음악, 디자인, 조명위치, 스크린 위치, 자신의 동선 등을 완벽하게 계산해서 만들어 내기 때문에 사람들을 매료시킨다. 그날 나는 한 쪽 옆에 서서 손만 조금씩 움직이며 말하듯이 읽었다.

이 외에도 많은 문제점이 있었을 것이다. 프레젠테이션에 대한 지식이 거의 없는 상태에서 또록또록하게 읽어가는 것은 바람직한 일이 아니다. 프레젠터는 파워 포인트를 넘어서야 한다. 전체 설계도를 직접 그리고 파워 포인트를 만들어야 한다. 전체적인 내용을 전부 훤하게 알고 있어야 한다.

작년에 나는 어린이집을 운영하는 지인의 부탁으로 다시 프레젠테이션을 하게 되었다. 학부모 설명회였는데 어린이집을 전체적으로 소개하는 내용이었다. 미리 파워 포인트가 만들어져 있었다. 파워 포인트를 한장 한장 넘기며 숙지를 했다. 파워 포인트가 눈에 확 띄거나 키포인트 단어로 이루어지진 않았다. 하지만 위에서부터 아래로 써진 대로 줄줄 읽진 않았다. 끝에서부터 거꾸로 읽기도 하고 중간부터 읽어서 윗부분과 아랫부분을 연결하기도 했다. 스토리를 말해야 될 때는 아예 파워 포인트를 멈추고 부모들을 쳐다보며 연극을 하듯이 하기도 했다. 손동작도 아주 크고 과감하게 했고 이쪽저쪽 또는 청중 앞으로 나가기도 하며 무대를 적극적으로 활용을 하기도 했다. 다 끝나고 부모들의 박수를 많이 받았다. 원장도 감사의 말을 거듭 해주었다.

파워 포인트 제대로 만들었다면 제대로 발표해 보자. 파워 포인트 발표할 때는 스티브 잡스를 항상 생각하기 바란다. 그는 절대 슬라이드에 나와 있는 것을 그대로 읽지 않았다.

04

완벽한 준비 후에 청중 앞에 서라

19세기 미국의 정치가이자 언론인 다니엘 웹스터는 준비 없이 다른 사람 앞에 서는 것은 반나체로 서는 것과 같다고 했다. 청중 앞에 부끄러운 모습으로 서고 싶은 사람은 없을 것이다. 누구나 자신감 있고 당당하게, 빛나는 모습으로 서고 싶어 한다. 그렇다면 자신 있고 당당하고 빛나는 모습은 어디에서 나오는 걸까?

무대에 서기까지 나는 나름의 준비 원칙이 있다. 지금부터 공개하겠다. 먼저 원고를 직접 쓴다. 지금은 아니지만, 처음 몇 년간 행사사회 요청을 받으면 2주 전까지 프로그램을 꼭 달라고 말했다. 철저한 준비를 하기 위해서였다. 프로그램을 받으면 순서에 나와 있는 곡들을 일일이 찾는다. 인터넷 자료를 통해 기본적인 정보를 얻고 곡을 하나하나 감상한다. 그 음악은 누가 작곡했고 어떤 내용이며 만들어진 배경, 어떤 악기가 사용되는지, 분위기는 어떤지 등을 공부했다. 그리고 찾은 자료와 감상한 느낌을 원고 내용에 넣었다. 오프닝 멘트는 어떻게 할 것이며 클로징 멘트는 또 어떻게 할 것인지 일일이 원고에 썼다. 소리 내어 읽어 보면서 어색하거나 매끄럽지 못한 부분은 몇 번씩 다듬었다.

원고가 다되면 이제 연습에 들어간다. 내용을 외우는 것이다. 눈으로 하는 게 아니라 소리 내어 외운다. 가장 정신이 맑고 깨끗한 새벽에 일어나서 많이 외운다. 그리고 일하는 틈틈이 원고를 보고 외운다. 시간이 안 나더라도 머릿속으로 의식을 집중하여 내용을 생각하며 외운다. 막히지 않고 술술 나올 때까지 계속 반복해서 외운다.

원고를 다 외웠다고 끝이 아니다. 이제부터 시작이다. 다음 단계로 들어가야 한다. 행사 일 주일 정도를 남겨두고 본격적인 연습을 하는 것이다. 앉아서 하는 게 아니라 일어나서 거울을 보기도 하고 왔다 갔다 하며 서서 연습을 한다. 이제부터는 외우는 것이 아니라 말을 하는 것이다. 실제 무대에 내가 서 있고 청중이 내 앞에 있다고 생각하면서 말이다. 처음에는 많이 어색했다. 내 귀로 내가 들어도 딱딱했다. 그러면 그 문장을 한 번 두 번 수십 번씩 연습을 했다. 이렇게 하다보면 목소리가 컬컬해지고 목이 답답하다. 그러면 물을 마시고 목소리를 가다듬으면서 다시 연습을 했다. 어느 정도 됐다 싶으면 이제 손동작이나 표정, 몸짓까지 연습을 한다. 또 어떤 부분에서 질문을 하고 어떤 부분에서 재미있게 할 것인지를 생각해서 체크한다. 하루 전에 연습하는 것이 아니다. 일주일 이상은 온 힘을 다해 연습을 했다.

그리고 이 연습에서 나는 시각화를 했다. 무대에서 내가 당당하게 걸어 나가는 모습, 사람들의 박수를 받는 모습, 상황에 적절한 애드리브를 치는 모습, 관중들이 즐겁게 환호하는 모습을 선명하게 상상했다. 우리의 상상은 원하는 모든 것을 끌어당길 수 있다. 내가 확실하게 대중 앞에서 성공한다는 것을 믿고 반복하여 상상하면 좋은 결과를 얻는다. 나는 항상 무대에서의 멋진 모습을 생생하게 시각화했다

행사 하루 전날은 옷장 안에 있는 옷을 입어본다. 행사 성격에 맞춰서 정장 치마를 입을 것인지 바지를 입을 것인지 아니면 프리하게 입을 것인지 등을 결정해서 옷을 걸어둔다. 신발도 정한다. 목걸이와 팔찌 귀고리 등 액세서리도 결정한다. 행사 성격과 맞는 옷이 영 없다고 생각되면 사러 가기도 한다.

어느 새 행사 당일에 눈을 뜨면 먼저 기도한다. "청중에게 행복과 즐거움을 줄 수 있기를 바랍니다. 순간순간 상황에 맞는 애드리브도 잘해서 지혜롭게 마칠 수 있게 해 주세요." 누워서 하거나 앉아서 하거나 또 연습을 한다. 입을 열어 계속 연습이다. 그리고 목욕을 하고 미용실에 가서 머리를 하고 화장을 한다. 정해둔 옷을 입고 신발까지 신는다. 완벽한 차림을 하고 출발하기 전에 몇 번을 거울 앞에서 또

연습을 한다. 딸이 옆에 있을 때는 딸에게 청중이 되어달라고 부탁한다. 딸은 내가 소개를 하면 박수를 쳐주고 질문을 하면 대답을 한다. 처음부터 끝까지 딸 앞에서 리허설을 하면 딸이 중간 중간 조언을 해주기도 한다. 그래서 좋은 생각은 그날 행사 때 반영을 한다. 마지막으로 나는 거울을 보며 큰소리로 자기 암시를 한다. "채선이 너는 잘할 수 있어. 무대에 서면 사회자가 주인공이야. 너는 거대한 오케스트라를 이끌어 가는 지휘자야. 파이팅!" 거울 속에서 환하게 웃고 있는 나를 보면 자신감이 불끈 솟는다. 이제 준비는 끝이다.

행사 장소로 출발한다. 적어도 한두 시간 전에는 도착한다. 그래서 분위기도 살피고 리허설을 보거나 필요한 자료가 있으면 인터뷰도 해서 자료를 보충한다. 그리고 무대 위에 올라가서 마이크 테스트도 한다. 시작 10분 전 나는 무대 뒤에서 다시 중얼중얼 오프닝 멘트를 연습한 후 짧지만 강렬하게 기도한다. "청중에게 기쁨과 즐거움을 줄 수 있는 무대, 자신 있고 당당한 무대가 되게 해 주세요"라고. 하나 둘 셋! 환한 조명이 켜진 진행자석에 서 있는 나는 아주 당당하다. 그날 하루는 행사의 감흥으로 너무 행복하다. 어떨 때는 그 감흥이 일 주일 동안이나 지속되기도 했다. 혹시라도 큰언니가 함께 한 행사라면 언니에게 피드백을 듣는 것도 잊지 않는다.

지금까지 내가 평소에 진행자로, MC로 무대에 서기 전 어떻게 준비를 했는지 얘기했다. 내가 하고 있는 준비과정을 요약하면 다음과 같다.

1. 100퍼센트 원고 내가 쓰기

2. 원고 줄줄 외우기

3. 거울 앞에 두고 무대에서 하듯 말하기 연습하기

4. 무대에서 성공한 모습 시각화하기

5. 하루 전날 의상과 신발 액세서리 정하기

6. 당일 딸 앞에서 최종 리허설 하기

7. 자기 암시하기와 기도하기

8. 행사장으로 출발

나는 이러한 과정으로 무대에 설 때까지 꾸준히 연습하고 준비한다. 하지만 내가 잘 사용하지는 않지만 알아두면 좋을 방법으로 몇 가지를 더 소개해 보겠다.

첫째, 원고 내용 처음부터 끝까지 연습하는 모습을 동영상으로 찍어 보는 것이다. 사람들은 대부분 목소리를 녹음하거나 모습을 찍어서 다시 보는 것을 좋아하지 않는다. 생각보다 이상하게 보이기 때문이다. 그러나 이것은 객관적으로 나를 바라볼 수 있는 가장 좋은 방법이다. 내 자신이 어떻게 말하는지, 소리는 어떻게 내는지, 표정은 어떻게 짓는지 살펴 볼 수 있다. 처음에는 어색하더라도 반복해서 체크하고 고쳐나가면 자신감이 생긴다. 나도 잘할 수 있겠다는 생각이 들 때까지 해 보는 것이다. 나는 언니나 딸이 옆에서 연습하는 것을 보고 조언을 해주기 때문에 이것을 거의 사용하지 않았다. 하지만 옆에서 봐주는 사람이 없다면 꼭 추천해 주고 싶은 방법이다.

둘째, 시간 체크이다. 음악회나 행사 사회를 볼 때는 일반 스피치보다는 시간이 비교적 자유롭다. 정확하게 몇 시 몇 분에 딱 끝내라고는 하지 않는다. 사람들의 앙코르가 많이 나오거나 분위기를 봐서 더 연장을 해서하기 때문이다. 그러나 일반 스피치에서는 다르다. 처음 시작할 때와 마칠 때까지 시간을 체크해서 정해진 시간에 마칠 수 있도록 해야 한다. 제한 된 시간에 딱 마치면 깔끔한 인상을 줄 수 있어서 좋다.

청중에게 박수 받고 싶은가? 그러면 완벽하게 준비한 후에 무대에 서라. 철저한 준비와 연습은 청중의 박수갈채를 만들어낸다. 원고쓰기부터 완벽한 연습까지 무대에 서기 전 할 수 있는 모든 준비를 했다면 이제 당신은 반나체상태가 아니다. 당신은 아주 깔끔하고 화려한 옷을 입었다. 자신 있고 당당하게 무대로 걸어가라. 무대 위에서 가슴을 펴고 청중에게 말하라. 당신은 그들에게 행복을 주고 기쁨을 줄 수 있다. 당신의 스피치는 청중의 행동을 변화시킨다. 청중은 당신의 스피치에 열광할 것이다.

05

자신 있게 말하라

사람들은 일 대 일 대화에서는 말을 아주 잘한다. 엄마랑 얘기하거나 애인이랑 얘기할 때 친구랑 얘기할 때와 같이 말한다. 편안하게 자신 있고 당당하게 말이다. 그런데 무대 위에서 말하거나 대중 앞에서 말할 때는 그렇지 못하다.

초등학교 1학년 국어시간이었다. 선생님이 읽어 주신대로 열심히 따라 읽고 나면 항상 "읽어볼 사람?" 하고 물으셨다. 나는 얼른 손을 들었다. 그런데 가슴이 쿵쾅거리고 호흡이 빨라졌다. 손을 들고 기다리는 시간이 엄청 길었다. 그리고 반장선거, 회장. 부회장 선거 출마 연설을 할 때도 마찬가지였다. 언제나 떨리고 긴장이 되었다. 무대에 서서 말을 한다는 것은 긴장의 연속이었다.

죽음보다 더 무섭고 힘든 것이 대중 앞에서 말하기라고 한 사람도 있지 않은가. 이 말은 대중 앞에서 말하는 것이 얼마나 힘들고 어려운지를 알 수 있게 해주는 말이다.

말을 잘하는 사람 하면 우리는 아나운서를 떠올린다. 그들을 보면 말을 잘하겠다는 느낌이 팍팍 온다. 말 잘하는 사람은 그들만의 특징이 있다. 그들은 자신 있고 당당하다. 무대를 향해 올라가는 발걸음부터 힘이 넘친다. 발음과 목소리도 정확하고 활기차다. 상황에 따라 여러 가지 톤을 내며 지루하지 않게 한다. 가끔씩 사용하는 제스처도 멋있고 고급스럽다. 외모 자체에서도 빛이 난다.

반면에 무대 위에서 말을 잘 못하는 사람들은 어떤가? 안타깝게도 아나운서에게서 볼 수 있는 모습은 찾기 어렵다. 그들은 목소리가 작고 자신이 없다. 발음도 또렷하지 않다. 억지로 끌려 온 사람처럼 불안해 보이고 자세도 엉망이다.

대중 앞에서 말할 때 가장 먼저 터득해야 할 것은 자신감이 넘치는 인상을 주는 것이다. 어떻게 하면 청중에게 자신감 있는 인상을 줄 수 있을까?

말하기의 시작은 무대에 오를 때부터이다. 가슴을 펴고 당당하게 걷고 당당하게 서야한다. 웃어라. 웃는 얼굴에 침 뱉는 사람은 없다. 억지로라도 미소 띤 표정을 지어라. 청중을 확실하게 바라보아야 한다. 친근한 얼굴이 발견되면 눈을 맞추고 내 편을 만들어라. 그리고 그 사람을 중심으로 스피치를 하라. 발음은 분명하고 확신에 찬 목소리로 시작한다.

하지만 이와 같은 사실을 알고 실천했더라도 대중 앞에서 말하는 게 정말 힘든 사람이 있다. 그런 사람은 무대공포증이거나 콘텐츠가 없는 사람, 준비가 덜 된 사람이라고 할 수 있다. 나는 콘텐츠나 준비에 관한 내용은 다른 꼭지에서 세세하게 다루었다. 그래서 여기서는 무대공포증 즉 발표불안에 대해서 집중적으로 이야기 하겠다. 독자들도 이해하기 바란다.

무대공포증은 다음과 같이 다양한 모습으로 나타난다.

1. 심리적으로 두려워한다.

2. 머릿속이 하얘져서 아무 생각도 안 난다.

3. 몸이 경직된다.

4. 목소리 톤이 높아지고 음성도 떨리고 말도 빨라진다.

이런 현상을 없애는 작은 팁을 주도록 하겠다.

자신감은 내면에서 나오는 경우가 많다. 심리적인 요인으로 두려워하는 것이다. 스스로 '나는 말을 잘못해' 라며 자기를 낮게 평가하는 사람이 있다. 그리고 말을 하다가 큰 실수를 했거나 창피를 당한 경험이 있어서 트라우마를 가진 사람도 있다. 이런 사람은 자기 암시, 시각화를 통해 극복할 수 있다. '나는 할 수 있다 잘 할 수 있다' 하며 자기와의 대화를 하라. 긍정적인 마음을 불어넣는 것이다. 그리고 무대에서 말을 잘하는 모습을 시각화하고 믿는 것이다. 긍정적인 마음은 자신감을 불러일으킨다.

나는 처음 무대에 섰을 때는 떨리는 내색을 하지 않으려고 미소를 더 많이 짓고 목소리를 더 크게 내기도 하고 과장된 행동을 하기도 했다. 그런데 무대에 몇 번 서고 나서는 청중에게 솔직하게 다가갔다. 떨린다고 솔직히 고백하고 청중의 격려를 받는 것이다. "우와, 오늘 천 명이 온 것 같습니다. 여러분의 기세에 제가 쪼금 떨고 있는데 어떡하죠? 제게 격려의 박수 한 번 주시면 좋겠습니다." 이렇게 솔직하게 말하면 청중은 나를 외면하지 않는다. 힘찬 박수와 격려를 보내준다. 그러는 동안 친근감이 느껴지고 내 마음은 가라앉는다.

무대 공포가 너무 심하면 청중을 무시하는 것만큼 좋은 해결책이 없다. 이 사람들은 아무것도 모른다. 이 발표만큼은 내가 제일 잘 한다고 생각하는 것이다. 발표불안이 심하면 반말 스피치를 해보는 것도 괜찮다. 처음에는 어색하지만 강하게 말을 하는 카리스마 스피치에 도움이 된다.

여러 방법이 있지만 결국 발표불안을 없애는 가장 좋은 방법은 사랑하는 마음이다. 사랑은 모든 것과 통하게 한다. 청중을 사랑하고 애정을 품으면 이것이 열정으로 표현이 된다. 사랑과 애정으로 청중을 대하면 나의 불안함이 작아진다. 그래서 따뜻한 분위기 속에 스피치를 할 수 있다.

혹시 무대에서 말을 할 때 마치 순간적인 기억상실증에 걸린 듯한 기분이 든 적이 있는가. 이러한 현상을 없애는 방법은 확실하게 기억할 수 있는 나만의 멘트를 사전에 준비하는 것이다. 여러 상황을 설정해서 몇 가지를 미리 연습해서 확실하게 자기 것으로 만들기 바란다.

경직이 되면 대부분 어깨에 힘이 들어간다. 의도적으로 어깨를 툭 하고 아래로 한번 떨어드리는 것이 중요하다. 그런 다음 자연스럽게 손을 위로 올리고 제스처를 하면 된다. 내가 무대에서 느끼는 공포가 7이라면 청중은 3정도를 느낀다고 한다. 청중은 내가 떠는지 잘 모른다. 크게 신경 쓰지 말고 말을 시작함과 동시에 손을 들어 사용하라. 몸의 무게 중심을 청중 쪽으로 약간 기울여 말을 하면 훨씬 안정적으로 제스처를 할 수 있다.

청중을 사로잡는 비결은 힘 있는 목소리를 내는 것이다. 힘이 없으면 청중의 이목을 집중시키기 힘들다. 믿음을 줄 수도 없다. 힘 있게 말하는 연습을 하는 것만으로도 큰 도움이 된다. 큰 소리로 말하라. 볼륨만 커져도 전달력이 상당히 높아진다. 배에 힘을 주고 복식호흡을 하라. 그리고 몸의 중심을 앞으로 숙여 말의 힘을 청중에게 보내라. 목소리를 크게 내고 동작을 크게 하면 어느새 힘이 생겨서 자신감 있게 말할 수 있다. 가능하다면 여러 사람 앞이나 무대에 자주 서보는 것도 자신감을 가질 수 있는 좋은 방법이다.

베스트셀러 『콰이어트』의 저자 '수전 케인'은 테드 강연에 초청을 받았다. 그러나 극심한 무대공포증 때문에 단번에 강의를 수락하지 못했다. 하지만 그녀는 1년 동안 준비를 했고 기어이 강연에서 멋진 모습을 보여주며 큰 박수를 받았다. 당신도 할 수 있다. 청중이 원하는 콘텐츠를 만들고 철저히 준비를 하라. 마음의 불안을 없애는 방법으로 자신을 훈련시켜라. 볼륨을 높이고 당당하게 이야기 하라. 당신도 수전케인이 되지 말라는 법은 없다.

06

기술보다 중요한 것은 진정성이다

나는 02가 찍힌 전화가 걸려오면 "또 02가?" 투덜대며 받지 않는다. 나뿐만이 아니라 지방에 사는 사람들은 거의 그럴 것이다. 주로 콜 센터에서 걸려오는 전화다. 개인적인 친분이 있어서 오는 전화가 아니다. 자신들의 영업 실적을 올리거나 회사를 소개하기 위해서 오는 전화가 대부분이다. 그들의 말은 진정성이 전혀 없다. 전화를 거는 이들은 한결같이 감정이 없다. 목소리 톤이 똑같다. 소통하는 대화를 하는 것이 아니라 본인이 해야 되는 말만 일방적으로 한다. 그런 전화를 받고 있으면 귀가 아프고 짜증이 난다.

며칠 전 밤늦게까지 영화를 봤다. 나문희, 이제훈 주연의 『I can

speak』라는 영화다. 옥분은 8천 건에 달하는 민원을 제기해 도깨비 할매라는 별명을 가지고 있다. 구청 직원에게 기피대상인 그녀 앞에 어느 날, 원칙주의 9급 공무원 민제가 나타났다. 매사에 둘 사이엔 팽팽한 긴장감이 흐른다. 영어가 좀처럼 늘지 않아 의기소침한 옥분은 자유자재로 영어를 구사하는 민제에게 선생님이 되어 달라고 부탁한다. 갖은 핑계로 거부를 하던 민제는 동생으로 인해 그녀에게 영어를 가르치게 된다.

함께 하는 시간이 길어질수록 서로는 소통하며 가족이 되어 간다. 민제는 옥분이 입양 간 동생을 만나기 위해 영어를 배운다는 것을 알고 그녀의 동생에게 전화를 한다. 그러나 누나를 만나지 않겠다는 말을 듣고 고민하게 된다. 그러던 중 옥분은 자기가 제기한 민원을 구청이 재개발 사업주와 입을 맞추고 진행하고 있다는 것을 알게 된다. 재개발 기업과 구청이 한통이속이라고 생각한 옥분은 민제를 찾아가 따지고 둘은 오해가 쌓인다.

며칠간 그녀의 수선 집 문이 닫히고 그녀가 보이지 않는다. 그리고 그녀는 방송을 통해 위안부 할머니로 일본군 만행에 대해 증언을 한다. 이에 민제는 할머니를 찾아가고 둘은 서로 오해를 풀게 된다. 옥분은 민제의 도움으로 일본군의 만행을 국제적 자리에서 증언을 하게 되고 동생을 만난다. 여러 국제적 증언 자리에 서며 당찬 발걸음을 보여 주며 영화는 끝이 난다.

나는 이 영화를 보면서 참 많이 울었다. 옥분할머니와 민제 사이에 진실함이 제대로 전달되지 않아 오해를 하는 장면들에 마음이 아팠다. 그리고 옥분과 민제가 서로의 진심을 알고 마음을 풀 때는 감동해서 눈물이 났다. 위안부로 끌려가 갖은 수모를 겪는 장면, 국제 증언대에서 옥분이 증언할 때는 마음이 찢어지는 듯 했다. 그리고 증언이 끝난 후 일본 대표 세 명이 옥분에게 따지는 모습에서 그들의 뒤통수를 후려갈기고 싶은 심정이었다. 왜 일본은 아직도 위안부 할머니들께 진정성 있는 사과를 하지 않는 것일까? 할머니들에게 필요한 것은 돈이 아니라 그들의 진정한 사과다. 일본의 진정성 있는 사과만이 할머니들의 상처를 조금이라도 줄여줄 수 있는 것이다. 이 영화는 진정성이라는 단어에 대해 생각해 보게 했다.

최근 매스컴이나 우리 사회에서 핫이슈가 되고 있는 것은 '미투' 운동이다. 그 가운데 충남지사 안 모 씨와 연극계 이 모 씨 등이 중심에 서있다. 안 모 씨는 비서의 입을 통해 사건이 터지자 비서에게 미안하다고 했다. 하지만 그의 사과는 진정한 것이 아니다. 국민과 여론의 질타 때문에 마지못해 한 말이다. 형을 낮추기 위한 말이라고 할까. 그는 국민에게 죄송하다고 하면서 김지은 씨에게는 사과의 말이 없었다. 그리고 다른 날 인터뷰에서 피해자보다 자기 와이프가 제일 힘들 것이라고도 했다. 그의 말은 피해자에게 진심으로 미안한 마음이 없음을 말한다. 그는 결국 많은 사람들에게 진정성이 없는 사람으로 남았다. 이 모 씨도 열 명이 넘는 사람들에게 고소를 당했다. 그는 자신의 잘못을 회피하기 일쑤고 사과를 하더라도 한결같이 진정성이 없다. 피해자들은 모두 그들이 진심으로 사과하기를 원한다.

마음은 주로 말로 표현한다. 진실한 마음은 진정성 있는 말로 나타난다. 말하기에서 진정성은 참으로 중요하다. 사람이 말을 할 때 우리는 진심인지 아닌지를 알 수 있다. 눈빛, 자세, 말투 등을 통해서 말이다. 사람이 아무리 예쁜 말을 해도 그 사람의 진심이 담겨 있지 않으면 통하지 않는다. 말에는 진심이 담겨 있어야 한다. 특히 목소리가 높으면 어색하고 과장한다는 느낌이 든다. 목소리를 자연스럽게 내는 것이 필요하다. 형식적인 말은 상대에게 전달된다. 투박스러운 말투나 고조된 억양이라도 그 사람의 진심이 담겨 있다면 소통이 된다. 감동까지도 줄 수 있다.

요즘 잘나가고 있는 한국사 스타강사인 설민석은 다음과 같이 말했다.

"제 강의 비법 중의 하나인데 상대방이 듣고 싶은 이야기를 해 줘야 하고, 상대방이 보고 싶은 모습을 보여 줘야 한다고 생각합니다."

많은 사람들이 열광하는 그의 강의는 바로 청중을 중심으로 하고 있다. 청중이 원하는 이야기와 청중이 원하는 모습을 연출하는 것이다. 그의 강의는 자기가 중심이 아니다. 청중을 중심으로 듣는 사람에게 맞춰서 하는 것이다. 나는 다른 꼭지에서 스피치의 중요한 요소를 스피커, 내용, 청중이라고 했다. 그만큼 청중이 중요하다는 것을 말한 것이다. 청중이 없으면 스피치는 없는 것만 못하다. 청중과 스피커의 진정성이야말로 말하기의 시작이요 끝이다.

지난 20대 국회의원 선거 당시 나는 모 후보 선거 연설원으로 일했다. 내가 지지하는 당도 후보자도 아니었다. 후보자에 대해서 전혀 개인적인 친분도 아는 바도 없었다. 단지 연설원 한 번 해보고 싶다는 바람을 이루기 위해서 시작한 것이었다. 선거 연설문이라도 내가 썼다면 좀 나았을까? 캠프의 글 쓰는 담당자가 써준 내용으로 연설을 했다. 그러니 내게 진정성이 나올 리가 없다.

처음엔 좋아하는 당도 후보도 아니고 원고도 내 것이 아닌데 이 일을 꼭 해야 하나? 라는 생각이 들어서 그만두려고 했다. 비록 국회의원 후보가 아니지만 내 입으로 사람들에게 말을 하니 내가 책임을 져야 한다는 생각이 들었던 것이다. 내 고민을 얘기하자 내가 책임질 일은 아니라고 했다. 선거철 한 때 그러고 마는 것, 끝나면 아무도 기억하지 않는다는 것이다. 대부분의 사람들이 그렇게 말했다. 얼마나 무책임한 말인가. 얼마나 진정성이 없는 말인가? 하여튼 책임감 때문에 나는 연설원으로서 끝까지 역할을 마치긴 했다. 그리고 책임감이 느껴져서 국회의원으로 당선된 당선자의 부인께 문자를 보냈다. 지역구 주민들을 위해서 약속한대로, 연설 내용대로 꼭 멋진 국회의원이 되어 달라고.

청중과 소통하는 스피치를 하고 싶다면 들어주는 이가 누구인지를 알아야 한다. 성공하는 스피치는 청중을 이해하고 아는 것에서부터 시작한다. 굳이 말하지 않아도 마음만 이해해 줘도 소통할 수 있다. 청중이 현재 어떤 마음인지, 무엇을 원하는지 마음을 열고 이것부터 챙겨야 하는 것이다. 진실에는 화려한 미사여구가 필요 없다. 담백하면서도 있는 그대로의 마음을 보여주면 된다. 모든 길은 로마도 통한다는 말이 있다. 나는 감히 말한다. 모든 스피치는 진정성으로 통한다고.

07

나만의 에피소드 만들기

나는 지금껏 여러 사람의 강연을 들었다. 그 중에서도 김창옥 교수와 김미경 강사의 강연이 제일 기억에 남는다. 그들은 모두 청중을 울렸다 웃겼다 했다. 들었다 났다 들었다 났다 하며 잠시도 눈을 떼고 귀를 가리지 못하게 했다. '나도 저런 강연을 하고 싶다.'라는 생각이 머리에서 떠나지 않았다. 그들의 강연을 곰곰이 생각하고 분석해 보니 특징이 있었다. 바로 그들만의 재미있는 에피소드가 강연에 고스란히 들어 있었던 것이다.

에피소드를 얻는 방법은 여러 가지다. 책에 있는 내용을 발췌할 수도 있고 다른 사람의 경험을 듣고 얻을 수도 있다. 영화를 보거나 신문을 볼 때 또 텔레비전을 볼 때 얻을 수도 있다. 어떤 강사는 에피소드에 급수를 매기기도 하는데 나는 그렇게는 하지 않겠다. 다만 이 모든 방법으로 얻되 반드시 주제나 스피커 자신에 맞게 각색이 되어야 한다는 것을 명심하기 바란다. 그러나 뭐니 뭐니 해도 내가 직접 경험한 에피소드가 최고이다. 내 이야기이기 때문에 상황과 주제에 맞게 자유로이 바꿀 수 있는 것이다. 그만큼 설득력도 가질 수 있다. 나는 주로 메모나 일기를 통해서 에피소드를 모은다.

내가 어릴 때는 동네에 텔레비전이 없었다. 다행히 우리 집에는 라디오가 있었다. 라디오에서 드라마를 했는데 이야기가 참 재미있었다. 한 번 들으면 거의 매일 빠지지 않고 들었다. 그 이야기 속에 빨려들어갔다.

그리고 <누나와 함께> 라는 어린이 프로그램이 있었는데 나는 그 프로그램을 즐겨 들었다. 저녁 5시만 되면 라디오를 켜고 귀를 쫑긋세웠다. 거기에는 어린이 노래도 들려주고 어린이 드라마도 해주었다. 그리고 시청자들의 신청곡을 들려주기도 하고 아이들이 보낸 시나 편지, 수필 등의 작품을 뽑아서 읽어주기도 했다. 방송을 듣다 보니 나도 내 작품을 보내고 싶다는 생각이 들었다. 그래서 '알밤' 이라는 동시와 '몽당연필에게 보내는 편지' 를 써서 보냈다. 두 번 다 뽑혀서 방송에 나왔다. 덤으로 어린이 잡지책이랑 물감을 선물로 받고 너무나 기뻤다.

방송에서 가끔씩 알려주는 상식들을 들으면서 메모지를 만들어 적었다. 잊지 않기 위해 방송을 들을 때마다 꺼내어 반복해서 암기를 하고 또 새로운 것을 메모했다. 라디오 방송을 들으면서 난 어릴 때부터 메모하는 습관을 만든 것이다.

중학교 졸업을 하고 근 20년 만에 친했던 친구를 만났다. 그 친구가 대뜸 물었다. "국어 시간에 셰익스피어의 4대 비극이 뭐냐고 물었을 때, 너 혼자 또박또박 얘기하는 것을 보고 너의 상식실력에 깜짝 놀랐어. 그 당시에 어찌 4대 비극을 알았노?" 내가 국어시간 선생님의 질문에 대답할 수 있었던 것도 메모를 했기 때문에 가능했다. 그 내용은 라디오에서 알려 준 것이었다. 듣지 않았거나 메모하지 않은 친구들보다 내가 대답하는 것은 당연한 일이었다.

메모의 힘은 크다. 사람은 기억력이 그리 오래가지 않기 때문에 적어두고 보지 않으면 기억하기란 쉽지가 않다. 남편도 메모의 중요성을 알고 있었다. 1990년대 중반 이후 학원을 운영하면서 남편과 나는 지역 백일장에 참가하며 글쓰기에 재미를 붙이고 있었다. 참가할 때마다 성적도 좋았다. 하루는 남편이 부탁을 했다. "아이들과 있으니까 여러 아이디어가 많이 떠오른다. 좋은 문장들이 많이 생각이 나. 볼펜으로 된 녹음기가 있던데 하나 사주면 작가가 될 수 있을 것 같은데……" 당시에 워낙 생활이 힘들어서 그냥 종이에 메모하라며 핀잔만 주고 말았다. 조금만 깊이 생각하고 사주었다면 남편이 진짜 작가가 되어 있을 수도 있는데 미안한 마음이다.

나는 중학교 때도 일기를 거의 매일 썼다. 국어선생님의 사랑을 참 많이 받았다. 방송 반 담당이셨던 국어선생님이 방송을 하고 있는데 오셨다. "만년필이 많아서 하나 줄 테니 글 많이 쓰라." 하시며 갖고 싶었던 만년필을 주셨다. 선생님이 주신 것이라 그 만년필을 아껴가며 일기를 꾸준히 썼던 것이다. 요즘도 가끔씩 그 일기장을 넘기며 추억에 잠길 때가 있다. 그러면 당시의 일들이 주마등처럼 스쳐 지나간다. 잊고 있었던 일들도 일기장을 통해 새록새록 기억이 난다.

나는 2015년에 한 문학지를 통해 시인으로 등단을 했다. 쓴 시들이 현재의 일들에 대한 이야기들도 있지만 가슴에 묻어온 일이나 일기장을 통해 기억난 것들을 소재로 쓴 내용들도 있다. 지금 이 책을 쓰는 동안에도 나는 일기장을 들추며 나의 에피소드를 찾았고 그것을 활용해서 글을 쓰고 있다.

초등학교 때 라디오를 들으며 메모를 하지 않았거나 일기를 쓰지 않았다면 글 쓰는데 사용하는 소재나 에피소드를 활용하는데 많이 힘들었을 수도 있다. 메모나 일기는 에피소드를 보관하는 창고이다. 언제나 꺼내서 쓸 수 있는 나만의 소중한 이야기가 가득 차 있다. 메모나 일기를 이용해서 당신도 에피소드를 모아두면 유용하게 쓸 수 있을 것이다.

스피커가 공감할 만한 에피소드를 말하면 청중은 자신을 에피소드의 주인공처럼 생각한다. 누구나 에피소드는 있게 마련이다. 사람은 혼자 사는 게 아니라 더불어 산다. 하루에도 많은 사람들을 만나고 그들에게서 수많은 이야기를 듣고 살아간다. 나는 일주일 동안 어린 아이들부터 초등학생, 중학생, 고등학생, 어르신들까지 실로 많은 사람을 만난다. 거기에서 수많은 에피소드를 만들기도 하고 만나기도 한다. 에피소드가 없다고 하는 사람들은 에피소드를 에피소드로 느끼지 못할 뿐이다. 관심이 적거나 관찰력이 부족한 탓이다. 조금의 관심과 관찰력만 있다면 무궁무진하게 에피소드를 얻을 수 있는 것이다.

책에서 읽은 이야기나 고사 성어는 새롭지 못하다. 사람들은 신선하고 새로운 이야기를 좋아한다. 현장을 제대로 알면 싱싱한 에피소드를 얻을 수 있다. 그래서 나는 원고를 작성하기 전 출연진 대표에게 전화를 걸어서 인터뷰를 한다. 미리 이렇게 하지 못할 경우에는 행사 당일에 리허설 하는 것을 지켜보기도 하고 그들을 만나 인터뷰를 한다. 인터뷰한 내용 중에서 함께 나누면 좋거나 의미 있는 것들을 선택해서 멘트로 사용한다. 그러면 청중들이 공감하고 귀를 더 바짝 기울인다. 방송에서는 애드리브마저 대본에 있다고 하지 않는가. 사전에 미리 준비했지만 지금 생각난 듯이 말하면 사람들은 새로워 한다.

에피소드는 청중이 알아차리지 못하게 자연스럽게 들려줘야 효과적이다. 어떤 사람은 "아주 재미있는 이야기를 하나 해 드리겠습니다." 라며 자기 의도를 드러내며 말한다. 그러면 감동이 줄어든다. 재미있는지 없는지는 청중의 판단에 맡기는 게 낫다.

    말하기에서 꼭 필요한 에피소드는 특정한 사람들만 할 수 있는 일이 아니다. 열심히 준비하면 누구나 가능하다. 누구나 청중을 울리고 웃기고 감동까지 주는 스피치를 할 수 있다. 에피소드가 없다고 투덜대는 시간에 사물에 관심을 가져보자. 눈을 크게 뜨고 마음을 열어 관찰하면 '에피소드!' 하고 마음에 확 들어오는 것이 있다.

    그러한 것은 외면하지 말고 모아보자. 간단한 메모에서 일기쓰기나 녹음 등 각자에게 맞는 방법으로 에피소드를 모아라. 필요할 때 하나씩 꺼내 쓸 수 있도록 말이다. 관심과 관찰력을 키워서 멋진 에피소드를 확보하기 바란다. 나와 상대가 안 될 만큼 수준 높은 사람의 이야기보다는 나와 비슷한, 바로 당신의 이야기가 제일 감동을 준다. 당신의 실수가 누군가에게는 큰 웃음이 될 수 있다. 당신의 실패와 고난이 누군가에게는 눈물과 감동의 버무림이 될 수 있다. 내가 겪은 에피소드가 한 사람을 절망에서 걸진 수도 있고 살릴 수도 있는 것이다. 말하기에서 에피소드는 핵무기보다도 강한 무기다.

08

S라인으로 말하기

"얼굴은 V라인 몸매는 S라인 아주 그냥 죽여줘요~"

사람들에게 아주 많은 사랑을 받았던 박현빈의 노래다. V라인은 작고 갸름한 얼굴을 말한다. 이 얼굴을 갖고 있는 연예인으로 대다수의 사람들이 김태희를 꼽는다. S라인은 들어갈 데 들어가고 나올 데 나온 여자의 몸을 말한다. 요즘은 미투가 한창 유행하기 때문에 이런 표현을 한다는 것 자체가 미투에 해당되지 않을까 조심스럽다. 하지만 신이 만든 작품 중에 가장 아름다운 것은 여자의 몸이라는 말도 있다. 나올 데 나오고 들어갈 데 들어간 볼륨감 있는 몸에는 어떤 옷을 입어도 잘 어울리고 예쁘다. 여자라면 누구나 S라인의 몸을 갖기를 원한다.

에스라인으로 말을 하라니 도대체 무슨 말인가 싶어 의아해 하는 사람이 있을 것이다. 말하기에서 S라인은 목소리의 강약, 높고 낮음, 포즈 등을 살려서 변화를 주는 것을 말한다.

남편과 나는 함양이 고향이다. 특히 남편은 전라도 인월과 가까운 마천인데 그곳 사람들은 억양이 세고 목소리가 크다. 처음에 남편의 외가 친척들을 만났을 때 너무 놀랐다. 꼭 동네에 싸움이 벌어진 듯한 느낌을 받은 것이다. 이야기의 내용은 그렇지 않았지만 목소리가 너무 크다 보니 귀가 아팠다. 내가 어리벙벙하니 놀라는 표정을 짓자 남편이 외가 쪽 목소리가 다들 그렇다며 이해하라고 했다. 명절이나 특별행사 때 가끔 만나는 외가친척들은 여전히 목소리가 크다. 조금만 조용히 말을 하면 어떨까 하는 생각을 하게 된다.

만약에 무대에서 스피커가 아주 큰소리로 계속해서 말을 하면 청중은 어떤 반응을 보일까? 모든 내용을 강조하는 격이 되니 하나도 중요한 부분이 드러나지 않는다. 처음에는 시끄럽게 들린다. 그러다 이십 분 삼십 분 지나면 어느새 잠이 온다. 한결같이 큰소리로 변화 없이 말을 하니 어느새 익숙해져 편하게 잘 수 있는 것이다.

처음부터 낮고 단조로운 톤은 청중을 지루하게 만든다. 대학 다닐 때 철학과 교수님이 생각난다. 처음부터 끝까지 천편일률적으로 강의를 하니 학생들이 거의 졸았다. 마치 수면제 같았다. 낮고 단조로운 톤은 수면제의 역할을 한다. 그러나 낮은 목소리라도 고저장단을 맞추면 아주 집중할 수 있는 말이 되기도 한다.

딸아이는 병설유치원을 다녔다. 부모 참관 수업이 있어서 직접 수업장면을 보게 되었다. 선생님이 체구도 작고 귀여운 얼굴을 하고 있었다. 인사가 끝나고 수업이 시작되었는데 선생님 목소리가 작았다. 작지만 발음이 또박또박하고 정확했다. 아이들은 자세가 흐트러지지 않고 집중해서 아주 잘 들었다. 동화를 들려주는데 선생님이 강약을 살려서 아주 재미있게 이야기했다. 목소리가 작아도 강약을 살리고 길게 짧게 변화를 주니 지루할 리가 없다. 아이들이 선생님의 말에 시간 가는 줄 모르고 집중해서 듣고 있었다. 낮은 소리의 바람직한 모습을 보고 감탄이 절로 나왔다. 다소 작은 소리라도 발음이 정확하면 듣는 이들이 집중해서 들을 수 있다.

강조하고 싶은 곳에서는 소리를 크고 강하게 내어야 한다. 중요한 부분에서 소리를 크게 내면 효과적으로 전달할 수 있다.

사람들은 대개 강약을 주며 말하지 않는다. 스피치를 전문으로 하는 사람들도 마찬가지다. 콘텐츠에만 신경 쓸 뿐 어떻게 전달할지에 대해서는 심각하게 고민하지 않는다. 어떤 이야기에 강약을 주면 드라마틱한 효과를 줄 수 있다. 강하게만 하거나 약하게만 하면 건조해진다. 강약을 조절해서 말하면 감칠맛 나는 스피치가 된다. 가수들 성악가들이 센 소리는 세게 내고 작은 소리는 작게 내서 제대로 부를 때 사람들이 감동을 받고 엄지 척을 내 보인다. 사람들에게 호응을 얻고 감동을 주려면 스피치에서도 강약조절은 반드시 필요하다.

중요한 부분이나 어려운 내용은 천천히 말하고, 누구나 아는 내용은 빠르게 말하는 것이 기본적인 원칙이다. 말을 잘하는 사람은 속도를 조절하면서 여유를 갖고 말한다.

말하기에도 밀물처럼 밀려왔다가 썰물처럼 쓸려나갈 때가 있어야 한다. 시낭송에서도 휘몰아치는 격정이 있는가 하면 편안하고 차분한 부분이 있다. 이러한 부분에서는 듣는 사람이 감동을 많이 받는다. 말하기에 있어서도 한 호흡으로 휘몰아치듯 빠르게 하다가 편안하게 하는 부분이 있으면 듣는 사람에게 변화를 주고 감동을 줄 수 있는 것이다. 긴장하면 말이 빨라진다. 빨라지면 발음이 부정확해진다. 그러면 사람들은 듣다가 포기하고 딴 생각을 하게 된다.

포즈는 가끔씩 말을 멈추고 침묵하는 것을 말한다. 포즈 바로 다음의 말이 강조된다. 강조하고 싶은 단어 앞에서 잠깐 숨을 멈추면 그 단어가 강조되며 뒤에 오는 단어도 훨씬 잘 들리게 된다. 또 질문을 한 후나 명언이나 격언을 사용하기 전후, 핵심 메시지 전후, 마무리 단계에서 조금 길게 포즈를 취하면 청중을 집중시키는데 큰 효과가 있다.

스피치에서는 한 호흡으로 긴 문장을 말할 수 있어야 한다. 연세 있는 분들의 스피치를 알아듣기 힘든 이유는 호흡이 짧기 때문이다. 성악에서는 호흡을 먼저 배운다. 호흡이 길어야 모든 음을 제대로 낼 수 있기 때문이다. 스피치에서도 호흡이 받쳐줘야 말을 빠르게도 느리게도 할 수 있는 것이다.

호흡을 길게 하는 방법은 아 – 소리를 내면서 초를 재는 것이다. 아이들과 수업을 할 때는 서바이벌 게임이라는 제목으로 시합을 붙인다. 그러면 어떤 아이는 길게 잘 빼는데 어떤 아이는 숨이 차서 아, 아, 아, 하며 단발로 소리를 붙여서 계속 내기도 한다. 그래도 게임이기 때문에 끝까지 하는 모습에 모두들 즐거워한다. 촛불 끄기라든지 휴지를 땅에 떨어뜨리지 않고 오랫동안 공중에 높이 띄우기 게임도 활용한다. 이러한 방법은 모두 즐겁게 할 수 있는 호흡을 길게 하는 방법들이다.

목소리는 낭랑하지 않고 탁성이어도 된다. 발음은 표준어가 아니라 사투리여도 좋다. 문제는 고저, 장단, 속도, 포즈 등이 변화가 있느냐 하는 것이다. 자신의 말을 청중에게 전달하고자할 때 간절하고 진실한 마음이 있느냐는 것이다. 단조롭게 말하지 말라. 책 읽는 것 같다. 음악처럼 변화를 주며 말해야한다. 노래를 부르듯 멜로디 있게 해야한다. 그러면 사람들은 흥미를 갖고 즐겁게 듣는다. 말하기에서 단조로움은 나쁜 녀석이다. 단조로움은 스피치를 아예 듣지 말고 잠을 자라는 것과 같다.

　때로는 크고 약하게, 때로는 높고 낮으며 결정적이다가 조금 쉬는 듯하더니 다시 이어지는 말하기는 얼마나 매력적인가. 이것이 바로 S 라인으로 말하는 것이다. 변화가 없는 말하기는 지루하다. 스피치는 잠자는 시간이 아니다. 말하기에서도 음악처럼 시낭송처럼 분위기와 멋을 살려 보자. 듣는 사람들을 감동하게 만들자. 청중이 감동하면 스피커가 행복하다.

09

공감을 이끌어내는 질문을 던져라

기다리다가 기다리다 결혼 5년 만에 아들을 낳았다. 그래서 아들이 너무나 소중했고 정성을 다해 키웠다. 나는 아들과 주거니 받거니 대화를 참 많이 했다.

아들이 24개월 때의 일이다. 아들과 내가 운동을 하며 걷고 있었다. 걷다가 "엄마, 신발이 돌을 밟았다." 라고 했다. 그래서 "돌을 밟았어?" 라며 아들 신발 밑을 보니 진짜 돌이 있었다. 그 돌을 보던 아들은 "그런데 돌이 사탕처럼 생겼다."라고 했다. ~처럼 이라는 표현을 해서 깜짝 놀랐다.

또 26개월 때의 어느 날이다. 아들이 장난감을 이것저것 꺼내어 가지고 놀더니 블록으로 무엇인가 열심히 만들었다. 비행기며 사다리며 조종사, 손님 등 필요한 것들을 만지작거린다. 조금 있다 쳐다보니 계단에 비행기에서 내리는 여자 손님과 그 뒤를 따르는 조종사가 있다. "필립아, 지금 이 사람들 뭐 하고 있지?" 가만히 생각에 잠겨 있던 아들이 웃으며 말했다. "응, 결혼한다." 너무 놀라워서 "그럼 결혼이 뭐지?" 또 골똘히 생각하더니 "결혼은 꼭 껴안아 주는 거다." 한다. 그래서 "엄마는 누구와 결혼했을까?" 했더니 "우리 엄마는 우리 아빠랑 결혼했지." 라며 환하게 웃는다.

아들이 네 살이 되자, 학원에 출퇴근하면서 아들과 매일 함께 했다. 양쪽 어깨가 약한 나는 아들을 안아주는 것이 힘들어서 주로 업고 다녔다. 등에 업힌 아들은 사물을 보고 자주 질문을 했다. 지나는 길에 은행나무, 단풍나무, 목 플라타너스 등 나무가 많이 보였다. 그러자 "엄마, 나무는 왜 서서 자?" "단풍잎은 왜 빨게?"라고 묻기도 했다.

하루는 목욕을 시키고 로션을 발라주며 유심히 바라보자, "엄마, 나한테 반했나?"라고 질문을 했다. 육아일기를 넘겨보니 이런 일들이 참 많다. 행복한 미소를 짓게 된다.

이야기할 때 아들과 나는 각자의 이야기를 한 게 아니었다. 서로 소통하고 공감하는 대화를 한 것이다. 그래서 아들과의 대화는 항상 즐거웠다. 그런 대화에 익숙한 아들은 궁금하거나 모르는 것이 있으면 서슴없이 질문을 했다. 어릴 때부터 질문을 잘했던 아들은 현재 학교 말하기대회에서 우승을 하는 등 말하기에 탁월한 능력을 발휘하고 있다.

질문은 상대를 내편으로 끌어당길 수 있는 아주 강력한 수단이다. 때와 장소와 상황에 맞는 질문을 적절하게 던지면 어디서든 대화의 주도권을 가질 수 있다

모 대학 입시설명회 행사진행을 맡았었다. 그날 서너 군데 고등학교 아이들이 왔다. 행사가 두어 시간 동안 소요되지만 나는 아이들에게 말했다. "시험 친다고 고생 많이 했습니다. 이제 남자 친구 여자 친구도 만나야 되고 알바도 해야 되는데 학교에서는 왜 이런 곳에 보내는지 참 밉죠이?" 그러자 학생들이 우렁차게 "네~"한다. "후딱 마치고 여러분 볼 일 볼 수 있도록 해 드리겠습니다." 라는 말을 덧붙이자 아이들은 환호를 하며 박수를 보냈다. 그날 참석한 학생들은 행사가 끝날 때까지 집중했고 적극적으로 참여를 했다.

진행자가 학생들의 마음을 알고 그들이 듣고 싶어 하는 질문을 했더니 그들의 속이 후련해진 것이다. 공감하는 질문에 청중은 환호하고 온몸으로 답하며 즐거워한다. 그러나 스피커와 청중 사이에 공감하는 질문이 아닐 때는 전혀 다른 반응이 일어난다.

한 초등학교 윈드 오케스트라 정기연주회에서 있었던 일이다. 영화음악을 연주하는 순서였다. 내가 곡명을 소개하고 지휘자가 입장을 했다. 연주하는 동안 영화장면이 나오는 영상물이 화면에 나와야 하는데 갑자기 문제가 생겼다. 리허설 때 아무 문제없던 영상물이 작동

이 되지 않은 것이다. 지휘자가 무대 위에 있다가 뒤편으로 갔다가 영 정신이 없다. 담당자와 사인을 하기도 하며 진땀을 뺐다. 지휘자가 잠 깐 사정을 이야기하기도 하고 분위기를 가라앉히려 애를 썼지만 어수 선함은 끝나지 않았다. 안 되겠다 싶어 사회자인 내가 들어가서 상황 을 설명하고 양해를 구했다. 즉석 애드리브로 돌발 상황을 커버했다. 그럭저럭 다시 영상이 복구가 되기까지는 시간이 많이 흘렀다.

마지막 곡이 끝나고 앙코르를 주문하는 시간이 되었다. 다른 때 같 으면 진행자가 시키지 않아도 앙코르가 나오는데 그날은 잠잠했다. 그래서 "여러분을 위해서 오케스트라 단원들이 앙콜 송을 준비했습 니다. 들으실 거죠?" 했더니 이곳저곳에서 "아니오."라는 대답이 나 왔다. 나는 준비하고 애쓴 아이들이 생각나서 "아주 멋진 곡을 준비했 는데 안 들으면 후회하실 겁니다. 큰 박수로 함께 하겠습니다." 라며 일방적으로 진행을 시켰다.

그날 청중은 정해진 시간보다 많은 시간이 흘러서 힘이 빠져 있었 다. 비록 학부모들이 많이 온 연주회였지만 청중은 앙콜 송을 안 하고 마쳤으면 하는 바람이었다. 내가 청중의 마음과 통하지 않은 질문을 하니 앙콜 송을 듣지 않겠다는 대답이 나온 것이다. 그들이 원하는 대 로 하자면 나는 앙콜 송을 주문하지 않고 전체 단원 인사를 끝으로 마 쳤어야 했다. 질문을 할 때는 청중의 상황이나 그들의 관심사에 따라 그들이 공감할 수 있는 질문을 해야 하는 것이다.

프랑스의 작가이자 계몽 사상가인 볼테르는 사람을 판단하려면 그의 대답이 아니라 질문을 보라고 했다. 결국 질문이 대화를 좌우하고 대화의 격을 좌우하는 것이다. 많은 청중이 있는 곳이 아니라 일 대 일이나 직장 등 소수를 대상으로 할 때도 마찬가지다. 먼저 내가 궁금한 것이 아니라 상대방의 입장에서 그의 근황이나 관심사에 대한 질문을 하는 게 좋다. 그 후에 좋아할 이야기를 물어보라. 취미나 자녀 이야기 등 서로 공감할 수 있는 이야기면 더욱 좋다. 공감대가 형성되면 더 친밀함을 느낄 수 있다. 점차 그 사람의 인생관이나 가치관, 꿈을 알아볼 수 있는 깊이 있는 질문으로 나가는 것이다. 말을 많이 해야 대화의 주도권을 잡는다고 생각할 수가 있는데 그것은 아니다. 말을 많이 하면 듣는 사람을 지치게 만들어서 대화를 빨리 끝나게 한다.

작년 10월에 내가 속한 문인협회에서 제주도 여행을 갔다. 카카오톡에서나 보던 분들이 많아서 좀 어색했다. 하지만 나는 매일 저녁에 있었던 행사에서 진행을 했기 때문에 많은 분들과 이내 친해졌다. 낮에 멋진 곳을 돌아다닐 때 버스 짝지가 몇 번씩 바뀌었다. 그 중 한 분은 일방적으로 자기 얘기를 폭포수처럼 쏟아놓았다. 처음에는 맞장구를 쳐주었는데 일방적인 말에 재미가 없었고 질문도 하기 싫었다. 귀와 머리가 지끈거리고 아팠다. 결국 그분과의 대화는 더 이상 진행되지 않았다.

질문을 한다는 것은 상대를 더 알고 싶어 한다는 것이고 대화를 이어가고 싶다는 뜻이다. 좋은 질문은 상대방이 대화의 주인공이 될 수 있도록 배려하는 질문이다. 그리고 부정적인 것도 긍정적으로 생각하고 스스로 해결책을 찾을 수 있도록 만들어 주는 질문이다.

나는 행사진행을 할 때 오프닝 멘트에서 주로 질문으로 시작한다. "저녁 드시고 오셨습니까?" "제일 멀리서 오신 분 어디서 오셨지요?" "아까 저한테 물건 잃어버렸다고 하신 분 찾으셨습니까?" 그러면 사람들이 귀를 쫑긋 세우고 나에게 집중한다. 스피치 수업을 할 때도 질문으로 시작한다. 그리고 분위기가 좀 지루해졌다 싶거나 청중이 소란스럽게 할 때 질문형식의 멘트를 날리면 청중이 나에게 집중을 한다. 질문은 내가 말을 할 때 나에게 집중하게 하는 강력한 힘을 갖고 있다. 재미와 집중을 함께 할 수 있게 만드는 것이 질문이다.

진심을 담은 좋은 질문이 없다면 진심어린 답변은 나오지 않는다. 기름과 물처럼 전혀 섞이지 않고 청중과 내가 따로 논다면 그 시간은 아무 가치가 없다. 애써 마련한 시간이 너무나 허무하게 지나가는 것이다. 청중과 내가 하나가 되는 질문! 공감대를 형성할 수 있는 질문은 청중과 스피커를 행복하게 한다.

10

청중을 친구로 생각하기

내 카카오 톡에는 친구로 등록된 사람이 500명 가까이 된다. 초등학교 중학교 동기부터 일하는 분야의 사람들과 교회 사람들까지 나와 관련된 모든 분야의 사람들이 모여 있다. 이 중에서 내가 필요할 때 정말 나를 위로하고 도와 줄 수 있는 친구는 아마도 몇 명 되지 않을 수도 있다. 나는 친하다고 생각하는데 상대는 그렇지 않을 수도 있고, 상대는 나를 친하다고 생각하는데 내가 안 그럴 수도 있는 것이다. 내 마음과 다른 친구는 섭섭할 때도 있다. 과연 내가 힘들고 어려울 때 진심으로 위로하고 찾아주는 친구는 몇이나 될까?

사전을 찾아보니 친구란 가깝게 오래 사귄 사람을 말한다. 좋은 친구란 좋은 일이 있으면 축하해 주고 슬플 때는 위로해 주는 친구다. 힘이 들 때 도와주는 친구가 진정한 친구다. 진정한 친구란 그 존재만으로도 편안함을 주는 사람이다. 기분이 좋지 않을 때 조금이라도 기분이 좋아질 때까지 뒤에서 조용히 걸어주는 사람, 내 옆에서 떠나지 않고 평생 있어 주는 사람이다. 진짜 친구는 두세 명만 있어도 충분하다고 한다. 벤자민 프랭클린은 진정한 친구는 비평가라고 했고 아리스토텔레스는 두 개의 몸에 깃든 하나의 영혼이라고 했다. 친구는 듣기 좋은 말만 하는 것이 아니라 충고와 지적질도 적절히 해서 바른 길로 가게 도와주어야 한다. 친구란 한 사람이 생각하고 느끼듯 서로의 마음이 잘 통하는 관계이다.

내게 친구는 두 부류이다. 하나는 내가 좋아하는 분야에 대해서 깊이 있게 이야기 할 수 있어 말이 통하는 친구다. 즉 정신적으로 통하는 친구가 있다. 그가 옆에 없으면 보고 싶고 멀리 있어도 언제나 그의 향기가 그리운 친구다. 그리고 또 하나는 평상시에 같이 웃고 즐기며 일상생활에서 붙어 다닐 수 있는 편안한 친구다.

초등학교 때 나는 다방면에서 활동을 했다. 독창이나 미술 육상과 배구선수 그리고 웅변대회나 글쓰기에도 많은 활동을 했다. 배구선수로 활동할 때 그 친구는 다른 학교 탁구선수를 했다. 대회에서 만났는데 어느 날 친구하고 싶다며 편지가 왔다. 그 후로 주거니 받거니 편지를 하며 서로를 알아갔다. 그리고 중학교에 가서 서로 가까이 지내며 많은 이야기를 했다. 마음이 잘 맞았다. 좋아하는 선생님도 똑같았고 문학이나 글쓰기에도 똑같이 관심이 많았다. 서로 경쟁도 하고 챙겨주기도 하며 중학시절을 보냈다. 고등학교를 다르게 가면서 소식이 끊겼다가 대학을 가서 다시 연락이 닿았다. 서로 첫사랑에 대한 아픔을 이야기하며 밤새워 울었던 기억이 난다. 그 친구와 나는 서로의 결혼식에도 참석하고 연락을 주고받다가 몇 년 전부터 아무리 연락을 해도 감감 무소식이었다. 많이 그립다. 정신적으로 통하는 친구는 평생 마음에 오래 남는다.

어릴 때 친구들 중에 내가 참 좋아하는 남자 친구도 있다. 그는 인간적으로도 참 멋지고 친구로서도 진국인 사람이다. 순박하고 착한 마음을 가진 친구다. 오랜 세월이 흘렀어도 그는 언제 봐도 믿음직하고 편안하다. 그 친구는 어릴 때 다른 사람들 앞에서 말을 잘 하지 않았다. 더군다나 내 앞에서는 얼굴이 빨개져서 피해가는 스타일이었다. 나이 마흔이 넘어 동창회에서 만났을 때 그는 아주 말도 잘하고 회사 중역으로 열심히 살고 있었다. 당당하게 살아가는 모습이 멋졌다.

우리가 대중 앞에서 말을 할 때 대부분의 사람들은 떤다. 머뭇거리기도 하고 심하면 한 마디도 못하고 내려오기도 한다. 그 쇼크로 심한 무대공포증으로 살아가는 사람도 있다. 하지만 청중은 나를 잡아먹으러 온 괴물이 아니다. 내가 말하고자 하는 주제에 관심이 있어서 온 사람들이다. 나를 만나기 위해서 온 사람들이다. 그러므로 처음부터 두려워 할 필요는 없는 것이다. 그들을 친구로 생각하라. 내가 보고 싶은 친구들을 집에 초대했다고 생각해 보라. 뭐가 무섭고 떨리는가. 찾아와 준 그들이 너무나 고맙고 사랑스럽다. 그저 하나라도 더 먹이고 싶고 뭐라도 하나 더 주고 싶지 않은가.

말하기에서 청중도 마찬가지다. 그들은 나를 공격하기 위해서 온 사람들이 아니다. 혹시 나에게 무표정하거나 집중하지 않고 딴 짓 하는 사람도 있다. 팔짱을 끼고 눈을 감고 있는 사람이 있을 수 있다. 하지만 청중 중에는 눈을 반짝이며 나를 바라보는 사람이 있다. 내가 질문할 때 대답을 하며 적극적으로 맞장구를 치고 리액션을 보내는 사람이 있다. 그런 사람은 나의 진정한 친구이다. 즉 나의 귀중한 청중인 것이다.

나는 실외로 나가 행사진행을 하기 전까지는 실내에서 음악회 사회를 주로 했다. 고급스럽게 차려입고 고상하게 말하는 아나운서 식 사회를 봤다. 평소에 탁 트인 바깥에서 하는 행사 진행자들은 좀 많이 거칠게 말하는 느낌을 받았다.

어느 날 지나가다가 우연히 행사하는 장면을 보게 되었다. 참석 인원이 아주 많았다. 무대에서 젊은 진행자가 핏대를 세워가며 열심히 말을 하는데 청중은 아랑곳하지 않았다. 술렁이며 시끌벅적 야단이다. 그 사회자가 몸 개그까지 하고 해도 별로 반응이 없었다. 청중 따로 진행자 따로 완전 따로국밥이었다. 그 진행자가 정말 불쌍하게 느껴졌다. 또 그 진행자는 자기가 질문을 하고 청중의 대답을 듣지도 않고 바로 자기가 대답을 했다. 자기가 말하고 자기가 웃었다. 그는 청중과 소통하는 것이 아니라 소통하는 척만 한 것이다. 그에게 있어서 청중은 친구가 아니라 그와 전혀 상관이 없는 사람들이었다. 그래서 나는 바깥 행사진행 섭외가 와도 한동안 사양하며 하지 않았었다.

청중을 친구로 생각한다는 것은 아주 편하게 말한다는 것이다. 친구에게는 거리낌 없이 조잘조잘 잘도 이야기한다. 진실하게 이야기하는 것이다. 친구랑 있으면 편안함을 느낀다. 청중을 친구로 생각한다면 떨지 않고 편안하게 말할 수 있는 것이다. 친구 중에 나를 싫어하거나 무관심하게 대하는 친구도 있다. 청중 중에서도 내가 하는 게 마음에 들지 않거나 내 이야기에 동의하지 않는 사람도 있다. 일일이 그 모든 사람에게 반응을 보인다는 것은 엄청난 스트레스다. 그들의 반응에 너무 민감하게 신경 쓸 필요는 없다. 사람은 각자의 생각이 있고 스타일이 있는 것이다. 나와 맞는 사람 나와 통하는 친구와 소통하면 된다. 청중 중에서도 나에게 호감을 갖고 반겨 주는 사람이 있다. 그러면 그런 사람을 택하라. 그런 사람과 눈을 마주치고 그런 사람을 보며 이야기 하라. 나를 좋아하고 응원해 주는 친구를 빨리 찾아서 마음의 안정을 찾아 이야기를 하면 된다.

대중 앞에서 말을 할 때는 청중을 친구로 생각하라. 친구에는 좋은 친구 안 좋은 친구가 있겠지만 내가 생각하기에 따라서 다 나의 성장의 발판이 된다. 나를 격려하고 지지해 주는 청중은 너무나 고맙다. 그들을 보면 힘이 난다. 그러나 말하는 내게 무관심하고 반응하지 않은 청중도 내게는 도움이 된다. 저들을 보며 어떻게 하면 저들이 집중할 수 있는 말하기를 할 것인가 고민하고 연구하면서 나는 충분히 발전할 수 있는 것이다. 이래도 저래도 청중은 모두 내 친구이다. 청중을 친구로 여겨라. 나의 말하기 실력은 그들을 통해서 일취월장할 수 있는 것이다.

11

연습하고 또 연습하라

얼마나 연습하면 말을 잘할 수 있을까? 연습하고 연습하면 진짜 대중 앞에서 말을 잘할 수 있을까? 한 번쯤 가져보았을 물음이다.

우리의 삶은 연습 없이는 이루어지는 게 하나도 없다. 아이가 어른처럼 완전하게 스스로 밥을 먹기 위해서 수많은 숟가락질 연습을 한다. 처음에는 한 입도 제대로 못 먹고 온 상과 바닥에 음식물을 흘린다. 수십 번 수백 번 먹는 연습을 하는 동안에 서서히 먹게 되고 나중에 깔끔하게 먹을 수 있는 것이다. 일상생활도 이러한데 여러 사람과 경쟁하는 한 분야에서 전문가가 되거나 성공하기 위해서는 더 피나는 연습이 필요하다.

우리 주변에는 연습벌레들이 참 많다. 몇 명을 살펴보자.

찰리 채플린은 무성영화와 유성영화를 넘나들며 위대한 대작을 만들어 냈다. 특히 웃음의 대명사 하면 그를 떠올리는 사람이 많다. 우리나라 희극인 중에도 고 구봉서와 김병만이 그를 롤 모델로 삼았다고 한다. 사람들은 그가 천부적으로 웃기는 재능을 타고 났다고 생각했다. 하지만 그는 한 번의 웃음을 만들기 위해서 최소한 백 번의 연습을 한다고 한 인터뷰에서 말했다.

비즈니스 위크의 한 기자가 스티브 잡스에게 뛰어난 프레젠테이션의 비결을 물었다. 그는 "녹초가 될 정도로 충분히 준비하면 됩니다." 라고 했다. 실제로 잡스는 하나의 프레젠테이션을 위해 500시간 정도를 연습했다고 한다.

세계적인 베스트셀러 작가 베르나르 베르베르도 첫 작품 개미를 완성하는데 12년이 걸렸다. 그 기간 동안 100번 넘게 수정한 것으로 알려져 있다.

축구선수로 유명한 박지성과 피겨스케이트의 여왕 김연아, 발레리나 강수지 등은 너무나 연습을 많이 해서 발이 정상이 아닐 정도이다.

나는 어릴 때부터 아나운서가 되는 것이 꿈이었다. 중학교 때 과목별 수업 시간에 책을 읽을 때마다 선생님들이 칭찬을 해주셨다. 특히 사회시간에 선생님이 해주신 말은 내가 아나운서라는 꿈을 갖는데 결정적인 역할을 했다. "채선이 너는 반드시 몇 년 후에 9시 뉴스를 진행하는 아나운서가 되어 있을 거다." 그때부터 나의 꿈은 아나운서가 확실했다.

어떻게 하면 아나운서가 될 수 있을지 심각하게 고민을 하기 시작했다. 텔레비전 속 아나운서들이 뉴스를 진행하는 모습을 자주 보았고 그들이 하는 것을 소리 내어 따라했다. 그리고 자주 책을 읽는 연습을 했다. 발음을 정확하게 하기 위해서 볼펜을 입에 물고 읽기도 했다. 어떻게 하면 목소리를 좋게 할 수 있을까를 고민하기도 했다. 그러다가 '아하 날계란' 하며 번개처럼 떠올랐다. 날계란을 먹기로 했다. 과학적으로 확실하게 맞는지 안 맞는지도 모른 채 오직 목소리가 예뻐진다는 말만 믿고서 말이다.

당시 우리 집은 닭을 몇 마리 키우고 있었다. 닭이 꼬꼬댁 꼬꼬 하고 울면 나는 제일 먼저 달려갔다. 따끈따끈한 촉감을 느끼며 계란을 꺼냈다. 그리고 톡 깨서 코를 꽉 막고 입속으로 넘겼다. 비릿한 냄새가 나는 게 너무 싫었다. 그래도 목소리가 좋아진다니 열심히 참고 먹었다. 나의 노력이 결실을 맺은 것일까? 초등학교 중학교 시절 학교 대표로 군에서 열리는 학예회에 나가 독창을 했다. 요즘도 내가 음악회나 행사사회를 보고나면 목소리가 예쁘다고 하는 사람들이 많다.

나는 프리아나운서 및 MC로 활동한지 십오 년이 넘었다. 대중 앞에 나의 모습을 드러내고 활동하기 전에 교회에서 아나운서로 먼저 일을 했다. 목소리만 제공했다. 주로 일요일마다 주보에 나와 있는 교회소식을 알리는 역할을 했다. 처음에는 읽었던 내용을 또 읽거나 발음이 꼬이는 등 많이 버벅거리기도 했다. 그래서 토요일에 미리 주보를 받아서 읽는 연습을 했다. 그런데 주보에 있는 그대로 읽지 않고 내가 편하게 읽을 수 있도록 단어 뒷부분의 조사를 바꾸어서 읽기로 했다. 하얀 백지를 꺼내서 일일이 조사를 적당히 바꾸어 적었다. 그리고 그것을 소리 내어 읽고 또 읽고 연습하여 다음날 교회에서 교회소식을 전했다.

이렇게 얼마동안 하고나니 자신감이 생겼다. 그래서 이번에는 주보 내용에서 이해하기 쉽게 문맥을 바꾸어서 읽었다. 나만의 언어로 바꾼 것이다. 항상 주보를 광고하기 전에 몇 번씩 읽는 연습을 했다. 나의 이런 모습을 한 부목사님이 보셨다. 하루는 친한 전도사님이 말했다, "채선 씨, 교역자 회의에서 목사님이 채선 씨 모습을 배우라고 하시더라. 채선 씨는 교회소식 하나를 전하기 위해 읽고 또 읽고 계속해서 연습을 한다고. 우리 교역자들도 노력을 하라고 하시더라." 하며 웃었다. 한 시간을 하는 것도 아니고 단지 3분에서 5분 정도의 소식을 전하기 위해서 노력하는 내 모습이 목사님 눈에는 꽤나 인상 깊었던 것 같다.

나는 교회에서 얼굴 없는 아나운서로 봉사 한 지 몇 년 후에 대중 앞에서 내 모습을 드러낼 수 있었다. 큰 무대에서 본격적으로 활동을 하게 된 것이다. 처음 몇 년 동안은 매번 행사사회를 맡게 되면 원고를 썼다. 행사 당일 2주 전까지는 프로그램을 꼭 달라고 했다. 원고를 쓰고 나면 입에서 자동으로 말이 나올 때까지 달달달 외웠다. 주로 정신이 맑은 새벽에 일어나서 외웠지만 시간 나는 대로 연습을 아끼지 않았다.

학습지교사를 잠깐 하고 있을 때다. 일을 하니 연습할 시간이 별로 없었다. 그래서 이집 저집 잠깐씩 이동하는 시간을 활용해야만 했다. 걸어 다니면서 원고를 보고 중얼중얼 열심히 외웠다. 지나가는 사람들이 나를 한참 바라보고 가기도 했다. 아마도 미친년까지는 아니더라도 '참 이상한 사람이네' 라는 생각을 했을 것이다. 그러다 한번은 큰 차가 내 앞에서 빵빵 경적을 울리며 멈췄다. 놀라서 고개를 드니 운전자가 나를 보고 웃고 있었다. 원고에 빠져서 정신없이 외우다가 차가 오는 것을 보지 못했던 것이다. 미안하다고 인사하고 자리를 떴지만 그 후로는 조금 조심했다. 어쨌든 틈나는 대로 아니면 틈이 나지 않으면 머릿속만으로도 연습을 했다. 연습하고 또 연습해서 무대에 선 것이다.

2001년쯤에 시낭송 대회에 처음 나가서 대상을 받았다. 상장과 상금을 받으니 기분이 너무 좋았다. 그래서 다른 대회에 또 나가고 싶다는 생각이 들어서 찾아보았다. 이삼 주 만에 다른 큰 대회가 있었다. 얼른 준비를 하지 않으면 무대에서 제대로 해보지도 못할 정도로 촉박한 시간이었다. 짧은 시를 고르면 빨리 준비가 끝나는데 내가 선택한 시는 정말 긴 시였다. 한용운의 이별! 울림이 있고 좋아서 그 시를 택하고 만 것이다. 목표가 정해지면 나는 맹렬하게 달려든다. 밤낮 새벽 쉬는 시간을 가리지 않고 연습을 했다. 읽고 또 읽고 외우고 또 외워서 감정을 넣고 제스처를 넣어가며 멋진 낭송으로 만들었다. 그리고 당일 나는 최고의 상을 받았다.

오직 살 길은 철저한 준비와 연습밖에 없다. 준비와 연습이 한 분야의 대가를 만든다. 찰리채플린과 스티브 잡스, 베르나르 베르베르 등 한 분야의 대가는 모두가 철저한 준비와 피나는 노력을 했던 사람들이다.

대중 앞에 나가기 전에 원고쓰기부터 말하기 전반에 걸친 모든 준비를 철저히 하고 무대에 선다면 당신은 청중에게 환영과 박수를 받는다. 그들에게 행복을 주고 기쁨을 줄 수 있다. 더 나아가 당신의 스피치는 청중에게 감동을 주어 그들의 행동을 변화시킨다. 그들에게 삶을 변화시키는 영향력 있는 사람이 될 수 있다. 대중 앞에서 말하기를 할 때는 그냥 나가지 마라. 철저한 준비와 피나는 연습을 한 후에 나가라. 그러면 청중은 당신의 스피치에 열광할 것이다.

12

스피치 원고 직접 쓰기

나는 지난 20대 국회의원 선거 때 모 국회의원 연설원을 했다. 15일 동안 정말 열심히 정해진 지역을 돌아다니며 연설을 했다. 그 당시 연설한 원고는 내가 직접 쓴 게 아니었다. 선거캠프에 원고를 담당하는 작가가 있었다. 그 담당자가 써준 원고를 가지고 연설을 했다. 문구 자체가 감성을 자극하는 말이었다. 부드럽고 조용조용했다. 그러나 내가 쓴 원고가 아니라서 머릿속에 잘 외워지지 않았다. 그래서 계속 고개를 숙여 원고를 보고 읽어야만 했다.

그런데 삼선 시의원이신 분이 차량유세 반장으로 합류하면서 원고가 달라졌다. 본인이 사용했던 건데 이렇게 해야 주민들의 귀에 쏙 들어가니 이대로 하라며 주었다. 처음 사용했던 원고는 아주 부드러우면서 긴 원고였고 두 번째 사용한 것은 짧지만 강렬한 메시지를 줄 수

171

있는 원고였다. 선거에 잘 어울리는 그런 내용이었던 것이다. 시민들이 어떻게 하면 원고 내용에 귀를 기울여 들을 수 있는지, 사람들의 귀에 콕 박히는지, 경험적으로 잘 아는 분이었다. 내가 쓴 원고는 아니었지만 일단 내용이 짧기 때문에 오래지 않아 거의 외울 수가 있었다.

그런데 나는 국회의원 후보가 속한 당을 좋아하지도 않았고 그 국회의원을 개인적으로 알거나 지지하는 사람도 아니었기 때문에 처음에 건성으로 했다. 마음이 가지 않으니 입으로만 내용을 말하고 있었다. 시간이 지나는 동안 생각을 바꾸기로 했다. 비록 나의 입으로 내가 말을 하지만 이 내용대로 진정 지역구민을 위해서 일하는 후보가 되기를 바라는 마음으로 말이다. 내가 할 수 있는 일은 거기까지라고 생각했다. 내가 국회의원이 아니니 원고내용을 내가 실천할 필요는 없는 것이다. 다만 후보가 당선되면 원고대로 진정성 있게 책임 있는 일을 하기를 간절히 바라는 마음을 담아서 외쳤다.

후보자도 가끔 사람들이 많이 모이는 장소에서는 연설을 했다. 그분도 원고를 자기가 써서 하는 게 아니라 글쟁이에게 받아서 하는 거라 처음에는 많이 어색했다. 막히고 듣는 사람이 부담스러울 정도였다. 자기가 생각해서 직접 쓴 원고라면 자연스럽고 부드럽게 넘어갔을 텐데 많이 아쉬웠다. 그런데 계속해서 연설을 할수록 좋아져서 다행이었다.

나는 라디오 리포터를 잠시 한 적이 있다. 그때 프로그램을 진행한 사람은 아나운서였다. 그 프로그램의 구성작가가 따로 있었다. 보통 아나운서들은 작가가 써준 내용을 가지고 그대로 읽는다. 그런데 워낙 오래 방송을 해온 아나운서라 그분은 눈으로 읽어보고 바로 방송을 진행했다. 그런데도 잘했다. 그 아나운서를 부러운 눈으로 바라보곤 했다. 나는 리포터에 대해 따로 배우지 않았다. 방송 초보인 나는 원고를 직접 쓰고도 떨면서 했다. 반면 베테랑 왕 아나운서 언니는 원고를 바로 받아서 해도 진행을 잘하는 것이었다.

이것은 특수한 경우이고 대부분 자기가 원고를 직접 쓰면, 쓰는 동안에도 공부가 되고 자연스럽게 외워지게 된다. 그리고 연습하면서 외우고 방송하면서 분위기에 빠져 잘 할 수 있다. 원고를 받아서 스피치를 하거나 방송을 할 경우는 많이 더듬고 부자연스럽게 진행을 하게 된다. 내 옷이 아닌 다른 사람의 옷을 입은 듯한 느낌이 들 수밖에 없다

나는 음악회나 기타행사 사회 원고도 내가 직접 쓴다. 내가 프리아나운서. MC로 처음 음악회 행사를 진행할 때도 직접 원고를 썼다. 스피치과목 강의할 때의 원고도 직접 쓴다. 음악회 진행 원고를 쓸 때는

일단 거기에 나와 있는 곡들을 찾아서 다 들어본다. 곡은 느낌이 어떻고 어떤 악기가 사용되며 지휘자가 누구인지 곡 전체에 대한 내용들을 공부하는 것이다. 그리고 들었을 때의 느낌과 감정들을 멘트에 집어넣는다. 오프닝 멘트와 클로징 멘트, 가능하면 임팩트 있는 멘트를 하기 위해 많은 생각을 한다. 질문 형 인사나 모두가 참여할 수 있는 손동작 같은 것을 넣기도 한다. 클로징은 전체적인 그날 분위기나 마지막 곡의 느낌을 강하게 줄 수 있는 문장으로 만들려고 애쓴다. 그래서 명언이나 명구를 사용하기도 한다. 가능하면 사람들이 마음 편하게 기쁜 마음으로 즐길 수 있는 행사가 되도록 구성하는 편이다.

한 학교 윈드 오케스트라 정기연주회 사회를 5년 동안 봐 준 적이 있다. 첫 해에 담당 선생님이 전체 대본을 힘들여 써주었다. 그런데 그 대본은 내 입에 착착 달라붙는 말들이 아니었다. 그것을 외우는 시간이 훨씬 길 것 같았다. 나는 다시 대본을 썼다. 오프닝부터 프로그램 순서대로 멘트가 들어가는 곳에 곡의 느낌과 현장 분위기를 생각하며 말이다. 그리고 클로징 멘트까지 곡을 생각하고 분위기를 생각하며 썼다. 쓰는 동안 거의 다 외웠다. 아니 다 외워진다. 진행되는 동안 내가 느끼고 생각하는 것을 말하기 때문에 나의 진실한 마음을 나타낼 수 있는 것이다. 남이 써준 원고는 나의 느낌이나 생각을 그대로 전할 수가 없다. 어색하고 잘 맞지 않는 느낌은 바로 내가 직접 쓰지 않았기 때문이다.

　스피치 과목 강의를 할 때도 마찬가지다. 서론 본론 결론에 어떤 논리로 말할 것인지 스피치 설계를 먼저 작성한다. 그리고 자료를 구한다. 나의 경험담 에피소드 등을 기억해서 얼개의 완성도를 높인다. 시청각자료를 더해서 좀 더 지루하지 않은 강의가 될 수 있도록 한다.

　원고를 다 쓰고 나면 계속해서 고친다. 큰소리로 읽으면서 너무 길거나 짧은 것이 있으면 수정한다. 읽기에 어색한 것은 부드러운 말로 고치고 발음이 어려운 것도 쉬운 것으로 바꾼다. 이렇게 고치고 고쳐서 간다. 그리고 진행을 하다가도 순간적으로 눈에 보이는 청중의 모습이나 상황을 즉석에서 활용하여 말한다. 그러면 사람들은 즉석에서 일어나는 일들을 행사진행에서나 강의에 집어넣어서 말하면 아주 재미있어한다. 별 것 아닌데도 현장의 모습을 스피치하면 다들 공감을 하고 좋아한다.

　여러 사람 앞에서 스피치를 할 때, 써준 원고만 읽었다면 이제부터는 본인이 직접 써보기를 바란다. 내가 직접 쓸 때와 남이 써 줄때 청중의 반응에선 차이가 난다. 다른 사람과 나의 시각과 생각은 다르다. 내가 쓴 원고는 내가 잘 알고 내게 익숙하다. 자신만의 에피소드로 자신만의 언어로 써야 말에 힘이 실린다. 내가 아는 내용으로 말하면 남을 잘 설득할 수 있지만 모르고 하는 말에 설득당할 사람이 거의 없다. 남의 이야기 남의 에피소드는 마치 남의 옷을 입은 것처럼 어색할 수밖에 없다. 가장 나다운 원고가 감동을 준다. 나다운 원고는 나만 쓸 수 있다. 스피치 내용은 직접 써라.

CHAPTER

04

꽂히는 말하기의 잔기술

말하기의 방법은 책을 읽는 것이 아니다.
그렇다고 암기도 아니다. 말하기는 대화이다.
대중 앞에서 말할 때는 그 옛날 할머니가
들려주시던 이야기를 떠 올려라.

01

자신 있게 단점 드러내기

여기 A와 B 두 사람이 있다. A는 집안이 좋고 학벌도 좋고 외모도 좋다. 이 세상에 가질 수 있는 것은 다 가진 완벽한 사람이다. 그러나 B는 집안도 그렇고 학벌도 그렇고 별반 내세울 것이 없는 사람이다. 결혼 상대나 데이트 상대로 누구를 선택할 것인지 여자들에게 묻는다면 A를 선택하는 사람이 많지 않을까?

결혼 전에 의사인 조카와 연을 맺어 주려는 교회 장로님이 있었다. 그리고 교육실습 때 만난 학교 선생님이 대시하기도 했다. 하지만 나는 모두 뿌리쳤다. 다 차려진 밥상은 먹기 싫었던 것이다. 내가 반찬도 만들고 밥도 하고 싶었다. 상을 차리는 동안 하나하나의 과정을 통해 기쁨을 느끼고 싶었다. 모든 것이 갖추어진 완벽남 보다는 조건은 덜 갖추었어도 가슴이 따뜻한 남자, 조금 받쳐 주면 큰 발전이 있을 것 같은 남자가 좋았다. 나는 그런 사람을 찾았고 그 사람과 결혼을 했다.

동양화와 서양화의 가장 큰 차이는 여백의 미다. 서양화가 화려하고 가득 찬 느낌이라면 동양화는 담백한 색으로 여백을 많이 두는 게 특징이다. 이 여백의 미는 보는 사람에게 생각할 수 있는 시간을 준다. 내 생각으로 그림을 채울 수 있는 기회를 준다. 친근하게 다가가 즐기며 감상할 수 있는 여유를 갖게 한다. 여백의 미는 사람을 끌어당기는 마력이 있다.

말하기에서도 여백의 미가 있다. 무슨 생뚱맞은 소리냐 라고 생각할지 모르겠지만 진짜 있다. 단점을 드러내는 것이 바로 여백의 미다. 너무 예쁜 사람은 애인이 없는 경우가 많다. 너무 예쁘니까 애인이 있겠지 생각하고 남자들이 사귀려고 생각조차 하지 않기 때문이다.

사람이 너무 완벽하거나 강하면 쉽게 다가가지 않는다. 부담스러워한다. 그래서 피하고 싶은 마음이 든다. '저 사람은 나와 다른 사람이다.' '나와는 상관없는 사람이다.' 그래서 아예 제쳐 두거나 신경을 쓰지 않는다. 말하기에서 완벽하게 말을 잘하면 많은 사람들에게 대환영을 받는다. 스타가 되고 선망의 대상이 된다. 그러다가 문득 나와 다른 사람, 나는 도저히 저렇게 할 수는 없을 거야 라며 부정적인 생각이 들 수도 있다. 그러나 조금 덜 잘하더라도 청중에게 환영받고 사랑받는 스피커가 있다.

바로 단점을 드러내는 사람이다. 단점을 드러내라는 말은 솔직해지라는 것이다. 자신의 완전한 모습을 보여주는 것이다. 이 세상에 완벽한 사람은 아무도 없다. 단점이 없는 사람은 없다. 진정한 자신의 모습 속에는 단점도 있는 것이다. 그러므로 나 자신을 내려놓고 청중에게 솔직해져야 한다. 솔직하게 나를 보여 주어야 한다. 여백의 미가 편안함을 주고 친근함을 주듯이 단점을 드러내면 말하는 사람도 편하고 말을 듣는 사람도 편하다. 그래서 서로 동지가 되고 우군이 된다. 청중이 나의 편이 될 수 있는 것이다.

고등학교 시절 교회고등부에서 성경암송대회가 있었다. 나는 나름 준비를 했는데 갑자기 생각이 나지 않았다. 아무리 머리를 굴려도 다음 구절이 생각이 나지 않은 것이다. 아무도 내게 다음 구절을 알려주지 않았다. 단지 긴 침묵만이 나를 휩싸고 돌았다. 그 어색하고 민망했던 몇 분의 침묵 속에서 겨우 단어를 찾아내어 암송을 끝냈긴 했지만 떠올리기 싫은 기억이다. 내가 좀 더 재치가 있었다면 솔직히 기억이 안 난다고 이야기를 했을 것이다.

"그 다음이 뭐죠? 알려주신 분한테 하트 뿅뿅 날려드립니다."

이렇게 말하면 웃음이 한 바탕 일고 다른 이의 도움을 받아 좀 더 일찍 암송을 마쳤을 것이다. 그때는 너무 눈치가 없고 임기응변에 약했던 것 같다.

어른이 되고 무대에 많이 선 이후에는 나는 자신 있게 내 단점을 드러낸다. 음악회나 행사 진행을 하다 보면 떨릴 때가 있다. 많이 준비하고 갔을지라도 청중의 숫자에 압도되어 떨릴 때도 있다. 그러면 나는 솔직하게 말한다. "여러분, 제가 지금 떨고 있습니다. 제게 박수 주시면 잘할 수 있을 것 같습니다."

실컷 하다가 중간에 멘트가 생각이 안 나서 당황할 때도 있다. 그때는 당황함을 누르며 말한다. "출연자께 너무 많은 박수가 나와서 그 소리에 다음 멘트를 잊어버렸습니다. 저에게도 남은 순서 잘 진행하라는 의미로 박수 한 번 주십시오." 박수 치는 동안에 나는 시간을 번 것이다. 빨리 기억을 하거나 상황에 맞게 멘트를 생각해서 다음을 진행한다.

심지어 시낭송대회에 참석했을 때다. 내가 준비해간 시를 죽 낭송하다가 중간에 갑자기 다음 내용을 잊어버렸다. 아무리 생각을 해도 생각이 나지 않았다.

"죄송합니다. 갑자기 생각이 나지 않습니다. 상은 안 받아도 되니 다시 하겠습니다."

그리고 잠시 시간을 가진 후 완벽하게 잘 했다. 수상과는 거리가 멀었지만.

내가 계속 떨리는데 그것을 감추려고 한다면 곧 들통이 나고 만다. 떨리면 숨이 차고 말이 꼬이고 횡설수설하게 되니 안 들킬 리가 없다. 차라리 이실직고하자. 내가 지금 떨린다고. 그러면 청중은 '아, 저 사람도 떠는구나. 나랑 똑같은 사람이네.'라고 생각한다. 그러면 마음도 부드러워지고 결국은 나를 응원해 준다.

약한 사람에게 일부러 해코지를 하는 사람은 거의 없다. 내가 먼저 나의 단점을 드러내고 낮아진 자세로 청중에게 손을 내밀면 청중은 내 손을 잡아준다. 그러면 청중과 나는 친구가 될 수 있다. 말하는 내게 든든한 지지자가 생긴 셈이다.

또한 통 크게 실수 좀 하면 어때? 망가지면 어때 라는 배짱도 가질 필요가 있다. 사람이 완벽할 수는 없다. 누구나 실수를 하고 누구나 단점을 갖고 있다. 그 단점을 청중에게 보여주자. 솔직하게 말을 하고 진실하게 다가가자. 생각을 안 하려고 할수록 생각이 더 나는 법이다. 떨릴 때는 떨지 말자 떨지 말자고 자기긍정을 해도 좋지만 그냥 떨자 떨자 하는 것도 좋은 방법일 수 있다.

완벽하게 말을 잘하는 사람 하면 방송에 나오는 아나운서들이다. 그런데 우리나라에서 가장 인기 있는 스피커가 누구냐고 묻는다면 김미경 강사를 꼽는 사람들이 많다. 정확한 발음과 매력적인 목소리, 지적인 외모와 기타 모든 것을 갖춘 아나운가 아닌 김미경 강사 말이다.

그녀는 발음이나 억양도 아나운서에 비하면 덜하다. 외모도 그렇게 세련되지는 않다. 심지어 사투리로 말을 하기도 한다. 그런 그녀가 스피커로서 최고의 반열에 오른 것은 무엇 때문일까? 바로 단점을 과감하게 보여주기 때문이다. 아나운서보다 덜한 면들을 드러내기 때문이다. 그녀가 단점을 드러내며 그녀만의 콘텐츠와 노하우로 그녀만의 스피치를 하기 때문에 사람들의 사랑을 받고 있는 것이다.

당신도 말을 잘하고 싶은가? 청중에게 사랑받는 스피커가 되고 싶은가? 20년 이상 오래오래 활동하고 싶은가? 그렇다면 당신의 단점을 서슴없이 과감하게 드러내라. 잘나가는 김미경 강사처럼. 또한 나처럼.

02

원고를 읽듯이 말하지 마라

"옛날에 평안도 어느 마을에 곽 선비라는 사람이 살고 있었어요. 하루는 곽 선비가 이웃 마을에 사는 친구에게서 급한 연락을 받고 그 동네에 갔다가 집으로 돌아오는 길이었어요. 아직 산을 넘지도 않았는데 그만 해가 지고 말았지 뭐예요. 사방은 금세 어둑어둑해지고 있었어요. 곽 선비는 걱정이 되었어요. 이 산에 도둑들이 많기로 유명한데 큰일이군. 서둘러 가야겠다......"

지금은 이야기할머니 시간이다. 이야기를 듣고 있는 아이들의 눈이 반짝반짝하다. 아무도 자는 아이가 없다. 한국적 정서를 보급하고 고령인구의 사회참여를 통한 문화 복지 실현을 위해 문화체육관광부가 주관하고 있는 제도이다. 요즘 여러 어린이집에서 한창 인기를 끌고 있다. 나이 지긋하신 할머니들이 일정교육을 받고 아이들이 있는 곳을 방문하여 재미있게 옛날이야기를 들려준다. 아이들에게 인기가 많다보니 어떤 선생님들은 전략적으로 이용을 하기도 한다. 가끔 아이들이 말을 안 듣거나 분위기를 망치는 아이가 있을 때 "오늘 이야기 할머니 오시는 날인데 너희들 떠들면 오실까?"라며 은근히 부담을 주는 것이다. 그러면 아이들은 얼른 자세를 바로 하고 집중한다.

할머니가 들려주시는 옛날이야기는 어디 한 군데 부자연스럽거나 막힘이 없다. 마치 물이 흘러가듯 자연스럽고 편안하다. 할머니가 얼굴표정이나 손동작 하나만 더 보태주면 시간이가는 줄도 모르고 듣게 된다.

우리가 말을 할 때 할머니의 옛날이야기처럼 말하는 사람이 있지만 그렇지 못한 사람도 있다. 그 대표적인 사람이 고위 관료들과 정치 지도자들, 기업의 총재나 간부들이다. 그들은 원고를 갖고 스피치 하는 경우가 많다. 그리고 원고를 그대로 읽고 있는 장면을 종종 목격한다. 물론 말실수 하나로 치명상을 입을 수 있는 세상이라 실수를 하지 않기 위해 그렇게 할 수도 있다. 그래도 성명서를 낭독할 때 외에는 원고를 읽는 식으로 말해서는 안 된다. 이것은 스피치 중 최고 낮은 단계로 청중이 딴 짓을 하게 만든다.

작년 초겨울에 모 지역에서 있었던 행사다. 몇 명의 내빈을 소개하고 본격적인 음악회가 시작되었다. 중반 쯤 되었을 때 주최 측 담당자가 정치인 두 분이 왔으니 소개를 좀 해 달라고 했다. 나는 내키지 않았지만 인사를 시켰다. 남자 한 분 여자 한 분이었다. 먼저 여자 정치인이 인사를 했다. 소신으로 꽉 찼지만 아주 무뚝뚝한 말투로 말을 했다. 다음은 남자 정치인이 마이크를 잡았다. 이 분은 호주머니에서 주섬주섬 뭔가를 꺼냈다. 바로 원고였다. 그리고 원고를 보고 읽기 시작했다. 얼마 안 가서 객석에 있는 사람들의 시선이 다른 데로 향했다. 급기야 웅성거리고 분위기가 흐트러졌다. 할 수 없어서 그 분에게 마치라는 사인을 주자 황급히 마무리를 하고 들어갔다.

이야기 할머니 이야기를 들을 때와 음악회에서 정치인의 스피치를 듣는 청중의 모습이 너무 다르지 않은가. 아이들은 즐겁게 듣는데 음악회 청중이 딴 짓을 한 것은, 할머니는 이야기를 했고 정치인은 원고를 읽었다는 차이다. 읽으면 지루하고 재미가 없다. 톤이 일정하기 때문이다. 사람이 이야기를 할 때는 기쁨과 놀람 슬픔과 서운함과 안타까움 등 감정을 목소리에 담아서 표현한다. 제스처를 넣어서 생동감 있게 표현할 수 있다. 그러면 듣는 사람은 맞장구를 치며 그 이야기에 몰입하게 된다.

이야기를 하는 것은 살아있는 말을 하는 것이고 원고를 보고 읽는 것은 죽은 말을 하는 것과 같다. 사람들은 변화 있고 생생한 살아있는 말을 듣고 싶어 한다. 그러므로 말을 할 때는 원고를 보고 읽어서는 안 된다. 특히 대중 앞에서 하는 스피치에서는 더 신경을 써야 한다.

그렇다면 좀 더 편안하게, 읽지 않고 이야기하듯이 말할 수 있는 방법은 무엇일까?

첫째, **원고 삶아먹기** - 스피치 원고를 작성한 후 실제로 스피치를 할 때 원고를 완전히 소화해서 즉석연설처럼 하는 것이다. 그것이 힘들다면 키워드만으로 작성된 메모지를 가끔씩 보면서 스피치 하는 것이다. 스피치 원고를 여러 번 읽어서 문자의 흐름을 완전히 파악한다. 원고에 띄어서 말할 곳과 강조할 곳을 찾는다. 그리고 청중에게 시선을 줄 곳을 표시하여 활용한다. 가만히 있어도 눈앞에 원고가 보일 정도로 연습을 해야 한다. 그리고 원고는 과감히 버리고 키워드만 적힌 메모지를 들고 나가서 숫자나 특별한 이름 등을 가끔 보면서 말하는 것이다. 눈과 코를 원고에 처박고 하는 것은 아무도 환영하지 않는다.

둘째, **문장 짧게 만들기** - 모든 문장을 짧게 만드는 것이다.

"오늘 아침 여러분께 보여드릴 놀라운 것들을 준비했습니다. 모든 고전 명작들이 그런 것처럼 오늘 저의 프레젠테이션도 3막으로 구성했습니다. 자, 무엇부터 시작해 볼가요? 제1막. 아이맥입니다."

"여러분, 회식하고 나서 늘 노래방 가죠? 솔직히 말해보세요. 노래방 가서 단합이 되나요? 벽만 쌓고 나오잖아요. 젊은 사람들이 랩을 부르면 부장님은 가사를 통 알아듣지 못하죠……"

아주 낯익은 문장이 아닌가? 눈치 챘듯이 위의 대화 글은 프레젠테이션의 대가인 스티브잡스의 유명한 오프닝 멘트다. 두 번째는 요즘 인기 최고인 김미경 강사의 멘트이다. 이 두 사람 다 짧은 문장을 좋아한다. 한 번 들으면 귀에 쏙쏙 들어온다. 사람들은 그들의 짧은 말에 열광한다. 길게 말하면 한 번 꼬일 때 다시 기억하여 말하기 어렵다. 짧게 나누어서 가볍게 말하면 버벅거리지 않아도 된다. 길 때보다 쉽게 외워진다.

셋째, **결론부터 말하기** – 다음은 한 음악회에서 인사한 어떤 분의 인사말 중 일부이다.

"연주회가 있기까지 사랑과 헌신으로 지도해 주신 선생님과 방과 후 학교에서 끊임없이 노력한 단원들, 적극적으로 지원해주신 학부모님, 도움을 주신 모든 분들께 깊은 감사의 마음을 전합니다."

이 말의 요지는 감사하다는 것이다. 그런데 너무 길어서 마지막 말을 들어야 의미를 파악할 수 있다. 이 말을 다음과 같이 고쳐 보자.

"연주회가 있기까지 함께 해 주신 분들께 감사드립니다. 지도해 주신 선생님들! 열심히 연습한 아이들! 지원해 주신 학부모님들! 큰 박수로 함께 해 주십시오."

결론부터 짧게 말하고 수식하고 싶은 부분을 여러 문장으로 나누어서 이야기 했다. 훨씬 더 이해하기 쉽고 듣기도 편하지 않은가? 이렇게 하면 쉽게 외우고 쉽게 말할 수 있다.

밤새워 열심히 준비한 원고를 책을 읽듯이 하지 마라. 사람들은 옛날 할머니의 이야기를 좋아한다. 밋밋하고 재미없게 아무런 감정 없이 읽는 책읽기. 대중을 생각하지 않고 자기 과시나 자기만족에 도취된 몇몇 사람들의 말하기 방식으로는 대중과 소통할 수 없다.

말하기의 방법은 책을 읽는 것이 아니다. 그렇다고 암기도 아니다. 말하기는 대화이다. 대중 앞에서 말할 때는 그 옛날 할머니가 들려주시던 이야기를 떠 올려라. 그러면 어느새 내 입에서 나가는 이야기도 할머니의 이야기처럼 자연스럽고 편하게 들릴 것이다.

03

청중의 눈을 마주치며 말하라

어느 날 남편에게 이렇게 말했다.

"자기야, 자기는 술 한두 잔 마시니까 눈이 촉촉해지던데, 그 눈빛이 참 예쁘더라."

남편은 피식 웃었지만 그날 하루 종일 기분이 좋아 보였다.

우리는 상황에 따라서 혹은 상대에 따라서 저마다 다른 눈빛을 한다. 따뜻한 눈빛, 슬픈 눈빛, 맑고 그윽한 눈빛, 이글거리며 타오르는 눈빛, 무심한 눈빛 등. 나는 어려서 슬픈 사슴의 눈을 좋아했다. 그래서 좋아하는 동물이 무엇이냐고 물으면 사슴이라고 말했다. 기도를 많이 하거나 사색을 많이 한 사람들의 맑고 그윽한 눈빛도 참 매력적이다. 그런데 나이가 들수록 따뜻한 눈빛이 정이 가고 좋다. 하지만 때로는 태양처럼 이글거리며 타오르는 눈빛도 필요하다.

눈빛은 사람의 본능을 자극시킨다. 그래서 우리는 중요한 순간에 눈을 응시한다. 사랑을 고백 받을 때 진실한 눈빛에서 진심을 알 수 있다. 눈빛이 사랑과 신뢰를, 때로는 불안과 거짓을 여지없이 드러낸다. 복싱이나 격투기 선수들에게는 경기 초반 눈싸움이 중요하다. 승패를 좌우하기 때문이다. 그런데 이러한 눈 맞춤은 스피치에서도 정말 중요하다.

고등학교 다닐 때 수학선생님 중에서 유일하게 총각선생님이 있었다. 그 선생님은 수업을 할 때 우리를 잘 쳐다보지 못했다. 항상 저 뒤쪽에 눈길을 두시며 수업을 하셨다. 선생님이 부끄러움이 많으신 거라고 생각을 했다. 하지만 눈을 마주치지 않고 수업을 하니 집중이 잘 안 되었다.

눈은 마음의 창이라는 말이 있다. 사람은 상대의 마음에 들어갈 수가 없다. 그래서 말을 할 때 상대의 시선을 통해 진심을 읽으려고 한다. 눈을 보고 말하면 그만큼 소통이 잘 되는 것이다. 우리는 가끔 악수를 하는 일이 있다. 그런데 어떤 사람은 악수를 하면서 일일이 상대와 눈을 마주치는 사람이 있다. 그런 사람과 악수를 할 때는 내게 진심으로 인사를 하는 구나라는 생각이 든다. 그런 사람은 멋지게 보인다. 그런데 어떤 사람은 건성건성 손만 잡는다. 또 어떤 사람은 심지어 나와 악수하면서 눈이 다음 사람에게 벌써 가 있기도 하다. 이런 사람과의 악수는 정말 불쾌하다. 나하고 악수를 하는 거야 마는 거야? 차라리 악수를 안 하는 게 좋았다.

사람들은 말을 할 때 눈으로 바라보는 일이 중요하다는 것을 안다. 특히 무대에 서서 대중 앞에서 얘기할 때는 청중을 바라보는 일이 더 중요하다는 것을 알고 있다. 그러나 눈 맞추기를 못하는 사람들이 많다. 그런 사람은 원래 수줍음을 많이 타는 사람일 수도 있다. 그리고 무대에 많이 서 보지 않아서 눈 맞추기에 서투를 수도 있다. 그런 사람은 다음과 같이 해 보길 바란다.

첫째, 3초 버티기 – 우리나라 사람은 삼 세 판을 참 좋아한다. 무엇을 해도 세 번은 해야지 하는 생각들이다. 자, 그러니 처음엔 어색하고 힘들어도 3초만 바라보자. 하나 둘 셋! 피하고 싶어도 그까짓 3초, 하나 둘 셋 하며 마음을 다잡는다. 이런 연습이 반복되다 보면 조금 더 자신감이 생긴다. 자신감 있게 상황을 주도 하고 싶으면 하나 둘 셋 딱 3초만 버텨 보는 거다.

청중은 적이 아니다. 의외로 나의 팬이 많다. 호의적으로 대하는 사람들이 많다는 것이다. 미소를 지어 보이거나 고개를 끄덕여 주고 몸으로 반응해 주는 사람들 말이다. 그런 고마운 사람 몇 명을 바라보면 어느 새 긴장이 풀린다. 실제 무대에서 "안녕하세요. 반갑습니다." 라고 오프닝 인사를 하면 유독 환하게 웃거나 소리를 지르는 사람이 있다. 나는 얼른 그 사람을 쳐다보며 말한다. 그러면 친밀감이 느껴지고 긴장감이 풀어진다.

둘째, 한 사람을 바라보듯 보기 – 한 문장을 마칠 때까지 바라본다는 생각으로 한 명씩 바라보도록 해야 한다. 누구나 일 대 일로 대화를 할 때는 어려워하지 않는다. 특히나 엄마와 이야기한다고 생각하면 누구나 편하게 얘기할 수 있다. 이렇게 가장 친한 사람 한 명을 바라본다 생각하고 얘기하면 긴장이 풀린다. 그리고 청중이 산만해지는 것을 막을 수 있다. 청중들과 친밀한 관계를 형성할 수도 있다. 한 사람을 바라보고 이야기하면 청중은 자기를 소중히 여긴다고 생각하게 된다. 그럴 때 청중은 기분이 좋아 몰입하게 되고 드디어 소통이 되는 것이다.

셋째, 세 그룹으로 나누기 – 한 사람에게 하듯 시선 교환이 불가능한 경우도 있다. 대중이 너무 많거나 객석과의 거리가 너무 먼 경우다. 이런 경우에는 청중의 위치에 따라 세 그룹으로 나누자. 한 가운데 왼쪽 오른쪽으로. 일반적으로 한가운데를 보고 말을 하다가 중요한 이야기를 할 때나 강조하고 싶은 부분이 있을 때는 자연스럽게 왼쪽 오른쪽으로 옮겨가며 바라보자. 한 곳을 지그시 바라보다가 가끔씩 시선을 바꾸라는 것이다. 너무 자주 시선을 옮기면 오히려 산만해

보일 수도 있으니까.

　가끔씩 스피커로부터 소외되는 곳이 있는데 바로 2층이다. 청중은 시선을 못 받으면 자기를 무시했다고 생각한다. 좌우대각선 전체를 살피고 빠지는 곳이 없도록 해야 한다. 나는 사회를 볼 때 장소가 1층인지 2층인지를 먼저 살핀다. 2층에 청중이 있다면 일부러 말을 걸고 인사를 한다. "2층에 계신 분 소리 질러! 감사합니다. 이층에 계신 분들은 걷기 운동을 많이 해서 혈액순환이 잘 될 겁니다." 그러면 사람들이 박수를 치며 좋아한다. 그리고 상품권을 주거나 선물을 줄 때는 꼭 2층에 있는 분들에게 기회를 준다. 그들은 행사가 끝날 때까지 적극적인 모습을 보여 준다.

　인간은 주변 사람들과의 관계를 맺는 방법으로 눈을 마주친다. 신생아들은 사물을 선명하게 보지 못한다. 신생아의 눈이 처음 초점을 맞출 수 있는 거리는 약 30cm가 못 된다. 이것은 엄마가 젖먹이 아기를 안고 젖을 먹일 때의 거리다. 눈은 말 그대로 우리가 인생에서 처음으로 초점을 맞추는 기관이고 누군가를 만났을 때 사용하는 첫 번째 신체 기관이다.

　눈 맞춤의 여유를 가지려면 반드시 말하려는 내용과 흐름을 잘 익혀두어야 한다. 그러니 미리 원고를 충분히 익혀서 철저하게 준비를 해야 하는 것은 기본이다. 평소에 상대의 눈을 보며 말하는 습관을 가져라. 눈을 보며 경청하는 습관을 길러보자. 진심으로 상대를 바라보면 상대를 내편으로 만들 수 있다. 발표자가 청중과 눈 맞춤을 적극적으로 하지 않으면, 청중은 먼저 발표자를 바라봐주지 않는다. 어렵고 쑥스럽더라도 일단 눈을 마주치려고 노력해야 한다. 눈빛만이 진심과 열의, 확신에 찬 마음을 전달할 수 있기 때문이다.

말을 할 때 상대와 눈을 맞추지 못하면 상대가 대화에 집중하지 못한다. 대중 앞에서 발표한다면 아무리 좋은 콘텐츠여도 믿음을 주기 어려울 것이다. 대화에서도 발표에서도 주도하지 못하고 끌려 다니게 된다. 반면 눈을 잘 맞추는 사람은 사람들의 마음을 산다. 카리스마 있는 눈빛으로 분위기를 사로잡을 수도 있고, 부드러운 눈빛으로 따뜻한 마음을 전할 수도 있다. 존중과 애정을 담아 영혼을 울리는 눈빛 화살을 발사하라.

04

정확하게 전달하라

"너는 너무 또록또록하게 말한다. 발음
이 너무 정확해."

음악회나 행사 사회가 끝나면 지인이나 청중 중에서 내게 던지는
말이다. 그러면 기분이 상당히 좋다. '오늘 내가 진행을 괜찮게 했구
나.'라는 생각을 할 수 있기 때문이다. 또렷하고 정확하게 발음하면
사람들의 마음을 즐겁게 해 줄 수 있다. 사람들에게 사이다 같은 만족
을 줄 수 있는 것이다. 그러나 반대로 발음이 정확하지 않고 말끝이
흐리거나 목소리도 기어들어간다면? 청중에게 칭찬은커녕 욕을 들을
수도 있다.

말을 할 때는 정확하게 전달하는 것이 중요하다. 정확하게 전달하

기 위해서는 여러 가지가 필요하다. 그러나 모든 것을 챙기기는 힘들다. 발음, 말의 빠르기, 습관어 없애기 등에만 신경을 써도 충분하다. 조금 설명해 보겠다.

첫째, 발음 - 발음을 잘해야 한다. 발음을 위해서는 혀, 입술, 턱, 얼굴 근육 등 조음기관을 부지런히 움직이는 것이 중요하다. 일반적인 대화를 할 때는 입을 많이 움직이지 않고 경제적으로 발음하면 된다. 하지만 대중 앞에서 하는 스피치에서는 입을 크게 움직이지 않고 편하게 발음하면 곤란하다. 또렷한 발음으로 말해야 알아듣기가 쉽다. 평상시보다 발음에 신경을 써서 말을 해야 하는 것이다.

나는 어려서 부터 발음을 정확하게 하기 위해서 볼펜을 물고 책을 읽거나 신문을 읽는 연습을 많이 했다. 그리고 실제 아나운서들도 그 방법을 많이 추천하고 있다. 이 방법은 큰 도움이 된다.

또 무대에 서기 전에는 혀와 입술, 턱 등 얼굴 근육을 풀어주는 운동도 한다. 남들이 보기에는 이상하게 여길 정도의 움직임도 한다. 그렇게 근육을 풀어주고 아아 하면서 목청을 가다듬기도 한다. 그 후 무대에 서면 말하는데 별 무리가 없다.

대부분의 사람은 말끝에서 목소리가 급격히 작아진다. 문장도 완전하게 마무리하지 못하고 흐지부지 마무리한다. 명사형으로 대답을 하지 말고 문장을 끝까지 완성해서 말하는 연습을 하다 보면 이것을 고칠 수 있다. 또한 문장을 마칠 때까지 소리를 낮추지 말고 처음처럼 큰소리로 이어가자. 어느 날 말끝을 흐리는 아이에 대해 고민해온 어머니가 찾아왔을 때 이 방법을 사용해 보라고 조언을 했다. 어머니는 몇개월 후에 아이가 많이 좋아졌다고 감사의 인사를 전했다. 나는 내 아이들에게도 어려서부터 이 방법을 사용했는데 큰 효과가 있었다. 지금은 학교에서 말 잘하는 아이로 평이 나있으니 말이다.

둘째, 말의 빠르기 – 주변에 보면 말을 너무 빨리 해서 지적을 받는다고 고민하는 사람이 있다. 말이 빨라지는 이유 중 하나는 호흡을 제대로 하지 않아서다. 복식호흡으로 숨을 깊게 들이 마시고 내뱉으면서 말을 해야 한다. 그러면 속도가 늦춰진다. 다음은 의미 단위로 끊어서 하지 않고 몰아서 하기 때문이다. 끊어 읽을 부분을 확실히 인지하고 가능하면 짧게 말하는 연습을 하자. 마지막으로 성격이 급하거나 욕심이 많아서다. 내가 입으로는 이 말을 하면서도 벌써 다음 내용과 말을 생각하면 말이 빨라질 수밖에 없다. 그리고 듣는 사람에게 하나라도 더 전달해 주어야지 생각하고 하면 당연히 말이 빨라진다. 특히 시간이 촉박하다고 느낄 때는 그러한 현상이 나타난다.

그러나 그러한 생각은 스피커의 욕심에 지나지 않는다. 청중은 당신의 마음을 백 퍼센트 다 읽지 못한다. 당신이 말을 빨리하는 것이 자신들을 위해서라는 것을 알지 못한다. 빨리 하다보면 청중은 머릿속에서 내용을 정리할 시간이 없다. 내 말을 차근차근 이해하면서 들을 수 있도록 알맞은 속도로 말해야 한다. 그러면 청중은 당신의 말에 더 귀를 기울인다. 나를 존중하고 있구나 생각하며 공감대를 형성해서 스피커를 더 신뢰하게 된다.

몇 년 전에 나는 방과 후 스피치 강사 모집 광고를 보고 응시한 적이 있다. 당연히 합격되리라는 확신을 갖고 지원서를 냈다. 응시자는 나를 포함해서 딱 두 명이었기 때문에 자신만만했던 것이다. 시연을 하고 몇 가지 질문에 대답을 하고 마쳤다. 그리고 합격전화를 기다렸다. 그런데 합격 전화가 아니라 불합격 문자를 받고 말았다.

아무리 생각해도 이상해서 학교에 전화를 걸어 불합격 이유가 듣고 싶다고 했다. "선생님 경력도 좋으시고 인상도 좋으신데, 너무 급하게 말씀을 하시더라고요. 아이들이 힘들어 할 것 같아서 다른 분을 선택했습니다." 순간 나는 내 머리를 쥐어박았다. 면접 당일 집에 일이 있어서 급하게 택시를 타고 헐레벌떡 도착을 했었다. 그리고 한숨 돌리지도 못하고 바로 시연에 임했던 것이다. 그러니 숨이 차고 마음도 그렇고 말의 빠르기에 대해 별로 크게 생각을 하지 않았다. 만약 일찍 도착해서 편안한 마음으로 기다렸다가 면접에 임했다면 합격의 기쁨을 안을 수 있었을 텐데.

세 번째, 습관어 없애기 - 우리 주변에 보면 개인적으로 말을 할 때도 그렇지만 대중 앞에서 말을 할 때도 쓰지 않아도 될 말을 하는 사람들이 있다. 바로 습관어 사용이다. 습관어는 나도 모르게 나오는 무의식중에 하는 말이다. 흔히 쓰는 습관어를 살펴보자.

말을 시작할 때 음- 또는 아-로 시작하는 사람이 있다. 이것은 준비를 안하고 말을 하는 사람들에게서 볼 수 있는 현상이다. 잘 준비를 해서 말하는게 중요하다. 시작이 반이다. 처음에 잘하면 점수를 따고 들어갈 수가 있는 것이다. 에나 또 같은 말도 있는데 어른들이 자기의 권위를 세우기 위해 자주 쓰는 습관어이다. 공무원이나 교수들은 예컨대나 예를 들어서를 자주 사용한다. 그러나 그 뒤에 종종 예시가 나오지 않으니 문제다.

솔직히 라는 말을 자주 쓰는 사람 중에 솔직한 사람이 거의 없다. 어떤 사람은 제가 볼 때라는 말도 자주 쓰는데 이것은 상황에 따라서 아주 거만하게 들릴 수도 있다. 또 "그게 아니라 니 말이 맞어" 어색하게 들리지 않는가. 그게 아니라 라는 습관어는 화자를 실없는 사람 혹은 거짓말쟁이로 생각할 수 있으니 아주 주의를 해야 한다. 그리고 MC나 개그맨, 강사들이 자주 사용하는 네-네 라는 습관어도 있다.

초등 6학년이 된 딸이 교회 오케스트라에서 트럼본 연주로 봉사한다. 나는 교회 방송실 아나운서로 봉사해 온지 20년이 넘었다. 매주 목사님 설교 들어가기 전에 한 주간의 교회소식을 성도들에게 알린다. 딸이 같이 예배를 보기 때문에 예배가 끝나고 엄마 광고 들었느냐고 물었다. 제대로 못 들었다고 해서 다음 주에 한 번 잘 들어 보라고 했다. 그 다음 주일에 딸이 내가 하는 광고를 듣고 말했다.

"엄마, 엄마는 왜 네네 라고 대답을 해? 그리고 습— 하며 침 삼키는 소리는 뭐 하러 내노?

완전 충격이었다. 다른 MC나 방송인들이 건성으로 네네를 하면 약장수 같다는 생각이 들었다. 진실성이 없고 입에 발린 말처럼 들리는 말을 내가 쓰고 있다니! 나는 그날부터 당장 그 말들을 추방하기 위해 노력했다. 자유롭게 말하며 녹음을 해서 점검하기도 하고 광고 전에 여러 번 연습을 하며 점차 안 좋은 습관을 지워 나갔다.

지금까지 말을 할 때 정확하게 전달하는 법에 대해 이야기했다. 우리의 조음 기관을 열심히 움직여 또렷하고 명료한 발음으로 전달력을 높여보자. 복식호흡으로 나의 숨소리를 느끼며 편안한 속도로 청중에게 말을 해 보자. 그러면 청중은 자기를 존중한다고 생각한다. 스피커에 대한 불필요한 정보를 주는 습관어. 자신의 이미지에 타격을 주는 습관어와는 과감하게 작별하라. 이 세 가지만 주의해서 무대에 서도 당신은 부러움과 칭찬의 대상이 될 수 있다. 더 나아가 다른 무대에 러브 콜을 받게 될 지도 모른다.

05

장황하게 말하지 마라

법정 드라마를 보면 재판에서 선처해 달라는 이야기를 많이 한다. 그러면서 내 상황이 어떻고 내가 없으면 안되고 등 주절주절 사정을 말하는 것을 보았을 것이다. 혹여 조금이라도 유리하게 형을 받기 위한 나름의 몸부림이다.

그런데 복수하는 장면에서도 장황하게 얘기를 한다. "잠시만잠시만, 내가 할 얘기가 있으니 시간을 좀 줘......" 목표물이 바로 내 앞에 있기 때문에 복수자는 마음을 놓고 "그래 어디 들어보자"라며 기회를 준다. 사람의 복수심은 시간이 지날수록 줄어들 수밖에 없다. 시간이 지날수록 내 분노가 점점 줄어들고 이게 맞나 라는 생각을 하게 된다. 그러면 그 사람은 그날 운 좋게 살 수도 있다.

언젠가 교회에 큰 행사가 있어서 외부 목사님이 와서 설교를 했다. 시간이 어느 정도 흘렀다. 갑자기 "오늘 설교를 맺겠습니다....... 끝으로 ......" 한다. '아싸, 이제 끝나는 구나' 싶어서 내심 좋았다. 그런데 다시 '끝으로' 하면서 다른 얘기를 또 한다. 마치겠지 싶어서 인내심을 발휘하는데 또 '마지막으로'를 한 번 더 이어간다. 참는 것도 어느 정도지 엄청 화가 났다. 마지막이라고 했으면 끝내야 하는 것이다. 지키지 못할 것이라면 아예 '끝으로' '마지막으로' 라는 단어를 쓰지 말아야 했다. 청중을 우롱하지 말자. 그 분이 의도적으로 그랬는지 어떤지는 모르지만 상당히 듣기 싫었다. 혹시 그분의 고질적인 말하기 습관이라면 고쳐야 한다. 그래야 성도들에게 은혜를 끼칠 수 있다.

'장황하다.' 라는 말은 '매우 길고 번거롭다' 이다. 너무 늘어지고 길다, 설명이 구구절절 끝도 없다, 굳이 이렇게 설명하지 않아도 의미가 충분히 전달될 수 있을 텐데 라는 생각이 들면 '장황하다.' 라는 뜻이다.

책을 한 권 사기 위해서 나는 먼저 인터넷에 들어간다. 제목을 찾아서 내용을 간단히 훑어보고 출판사 서평이나 사람들의 후기를 본다. 영화 한 편을 보려고 할 때도 본 사람들의 후기를 읽어보게 된다. "최민식의 인생 영화 침묵을 봤다. 반전은 짧고 강렬했어야 하는데 장황하다 할 정도로 디테일하게 설명을 하고 있다. 그 순간부터 영화가 지루해지기 시작했다." 이런 식의 후기를 읽게 되면 책을 사거나 영화를 보는 것이 망설여지게 된다. 물론 사람은 관점이 다르고 개인적인 취향이 다르다. 하지만 먼저 본 사람들의 얘기를 참고하게 되는 것은 당연하다.

청중에게 탁 꽂히는 말하기를 하기 위해서는 어떻게 해야 할까? 고민하는 사람들이 많을 것이다. 장황하게 말하지 않으려면 다음 몇 가지를 유의해야 한다.

첫째, 주제에 맞지 않는 내용 가지치기 - 버릴 것은 과감히 버리고 주제에 맞는 것만 살려야 한다. 스피치는 가지를 만들어 나가는 것보다 쳐내기가 더 어렵다. 간결하고 임팩트 있는 문장만을 남기기란 쉽지 않다.

초등학교 시절 나는 학교 대표로 군내 학예대회에 나갔다. 미술 분야 꾸미기 부문이었다. 다른 친구들은 내가 생각하지도 못한 여러 가지 재료를 들고 나왔다. 그것으로 휘황찬란한 모양을 잘도 만들어서 꾸몄다. 어린 내 눈에는 너무나 멋지고 훌륭한 작품들이었다. 나는 겨우 색종이를 찢어서 붉게 물든 가을 산을 표현했다. 굴밤과 밤, 다람쥐들이 노는 모습을 넣었다. 주제가 '가을 산'이었기 때문이다. 그런데 심사결과 내가 최고상인 최우수상을 받았다. 다른 학생들의 작품이 아무리 멋지고 훌륭했어도 주제에서 벗어났기 때문에 수상과는 거리가 멀었던 것이다. 나는 주제에 맞게 내 생각을 표현했기 때문에 큰 상을 받았다.

아무리 많은 자료를 찾아도 주제와 동떨어진 내용이라면 과감하게 버릴 수 있어야 한다. 주제에 맞지 않는 내용은 청중을 산만하게 한다. 헷갈려 이해하기 힘들게 만든다. 주제에 합당한 내용을 잘 손질해서 간단명료화 해서 말해야 한다. 그럴 때 청중은 내가 하는 스피치를 잘 흡수하게 되는 것이다.

두 번째, 듣기 쉽게 말하기 - 문어체가 아닌 구어체로 말해야 한다. 하였습니다를 '했습니다.', 김현아입니다 를 '김현압니다' 등으로 짧게 말을 하는 것이다. 그리고 한 문장 안에 모든 내용을 집어넣지 않아야 한다. 긴 문장을 쪼개어서 말하면 듣는 사람이 훨씬 쉽게 듣는다. 남이 모르는 한자나 전문용어를 사용하면 있어 보일 것이라는 착각에서 벗어나라. 스피치는 나의 학식을 자랑하는 것이 아니다. 청중이 알아들을 수 있게 쉽게 말해야 한다. 친숙한 단어를 사용하면 청중이 이해하는 속도가 빨라진다. 중학생에게 말한다 생각하고 하면 쉽고도 친숙하게 말할 수 있다.

세 번째, 중요한 말은 먼저 선보이기 – 음악회를 하거나 어떤 행사에서 가장 돋보이는 출연자의 순서를 맨 마지막에 넣는 경우가 많다. 분위기가 고조되었을 때 짜잔 하고 내 보내는 것이다. 그런데 말을 할 때는 이 법칙 같은 생각을 깨야 한다.

스피치에서 책을 샀다는 것을 말하고자 할 때 다음과 같이 말했다.

"나는 어제 아침을 먹고 집안청소를 하고 버스를 타고 서점에 가서 책을 한 권 샀습니다."

책을 샀다는 것을 문장이 다 끝난 후에야 들을 수 있다. 이것은 만연체를 즐기는 사람이나 미괄식으로 말을 하는 사람들에게서 볼 수 있는 모습이다. 다시 고쳐 보겠다.

"나는 책을 한 권 샀습니다. 어제 아침을 맛있게 먹고 집안청소를 했습니다. 버스를 타고 서점에 갔지요. 책을 한권 샀습니다."

자, 확실히 귀에 쏙 들어오지 않는가? 중요한 내용을 머리에 두면 사람들이 훨씬 잘 이해한다. 그리고 한 번 더 말해주므로 강력하게 전달할 수 있다. 말하고자 하는 내용에 확신이 없고 준비가 덜 되었을 때 횡설수설하게 된다. 준비를 철저히 하자. 그러면 주제를 훤히 꿰뚫을 수 있고 정리가 잘 되어 짧게 말할 수 있다.

하지 않아도 될 말을 이곳저곳에서 해서 장황해지면 전체적으로

늘어나고 무료해진다. 생각하는 주제와 다르게 엉뚱한 방향으로 흘러
간다. 짧게 말해도 핵심이 잘 전달된다면 길게 말할 필요가 없다. 핵
심만 쏘옥 들어간 스피치를 해 보자. 좋은 이야기를 다 갖다 붙인 듯
한 스피치는 청중에게 사랑을 받을 수 없다. 길고 장황하다면 아깝지
만 과감하게 버리자. 주제에 부합하지 않으면 걸러내는 작업이 필요
하다. 이것은 사람들에게 확실하게 꽂히는 말하기를 하기 위하여 꼭
필요한 과정이다.

06
———

호기심을 유발하라

사람들은 새롭고 신기한 것을 좋아하고 모르는 것을 알고 싶어 한다. 이것을 호기심이라고 한다. 우리나라 사람들은 세계에서 호기심이 가장 강한 민족이다. 개화기에 한국을 방문한 서양인들의 기록에도 빠지지 않고 등장하는 게 바로 호기심이었다. 선교사 다블뤼와 길모어는 조선인들이 호기심이 많다고 했다. 그리고 프랑스 소설가 베르나르 베르베르도 한국인은 호기심에 가득 차 있고 어린아이 같은 열린 눈과 열린 마음으로 새로움을 추구한다고 했다.

우리 민족 뿐 아니라 세계 여러 나라 사람들도 호기심에 관심이 많았고 좋아했다. 아리스토텔레스는 호기심이야말로 인간을 인간이게 하는 특성이라고 주장했다. 아인슈타인도 자기 자신은 천재가 아니라 호기심이 많을 뿐이라고 했다. 에디슨과 같이 유명한 과학자나 예술가들도 호기심이 많았다.

사람마다 갖고 있는 이 호기심을 이용하면 좋은 스피치가 된다. 호기심은 청중이 듣게 하고 청중에게 여운을 남긴다. 호기심은 청중을 집중하게 하고 청중을 주목하게 하며 꼼짝없이 내 말에 귀 기울이게 만든다.

"2008년 맥월드에 오신 걸 환영합니다. 여러분을 위해 대단한 것을 준비했습니다. 오늘 '공기'에는 분명 무언가 있습니다."

이것은 바로 스티브잡스가 한 말이다. 꼬는 오프닝에서 오늘 공기에 무언가가 있다며 공기라는 단어로 청중들의 호기심을 유발시켰다. 그가 공기를 선택한 이유에 대해 청중들은 궁금증 가득한 시선으로 몰입할 수 있게 되었다. 마지막에 '맥북에어'가 공개된 순간 청중들이 무릎을 치게 만들었다. 프레젠테이션의 귀재 스티브잡스는 항상 호기심을 유발해서 말한다. 그래서 사람들은 그의 말에 귀를 기울이며 듣는다. 그의 프레젠테이션은 많은 사람에게 감동과 경이를 안겨 주고도 남는다.

그렇다면 우리가 말을 할 때 쉽게 호기심을 유발할 수 있는 방법엔 어떤 것이 있을까? 내가 자주 사용하는 방법 세 가지를 알려 주겠다.

첫째, 순서 바꾸어 말하기 - 얼마 전 나는 자기계발 모임에 참여했다. 매주 과제로 내준 책을 읽고 발표를 했다. 그리고 일주일간 있었던 일상생활과 느낌도 발표를 했다. 두 번째 참석하던 날이다. 내 앞에 발표한 사람들이 모두 토론주제 책 내용과 일주일간의 이야기를 차례로 이야기했다. 나는 다른 사람과 똑같이 하기 싫었다. 변화를 주고 싶었다. "저는 일상생활과 느낌을 먼저 말하겠습니다." 그러자 사람들이 호기심 가득 찬 눈으로 자세를 바로 잡았다. 나는 있었던 일을 먼저 이야기 하고 책에 대한 내용은 짤막하게 얘기했다. 내가 발표하는 동안 사람들은 많이 웃었다. 호응도 많이 해 주었다. 그리고 발표가 끝나자 "파워가 있고 좋았다." "다른 사람보다 두드러졌다"라는 이야기를 들었다.

내가 남들과 똑같은 순서로 발표를 했다면 사람들의 감흥이 그렇게 크지는 않았을 것이다. 사람들은 반복되고 식상한 것을 싫어한다. 내가 남들과 다른 새로운 방법으로 발표를 했기 때문에 청중의 주목을 끌 수 있었던 것이다.

둘째, 질문하기 - 산청에서 작년 크리스마스 음악회 사회를 보던 날이다. 그날은 프로그램을 미리 받지 못했다. 행사가 시작되기 한두 시간 전에 받았다. 오프닝과 중간 중간 어떻게 멘트를 치고 나갈 것인가? 고민을 하다가 리허설을 하려고 모여 있는 무대 뒤로 갔다. 멘트로 활용할만한 정보를 찾기 위해서 각 팀의 대장이나 단원들에게 인터뷰를 했다. 그리고 실제 행사를 진행하는 동안 리허설에서 나눈 이야기 중에서 청중이 좋아할 만한 이야기들을 질문하듯 꺼냈다. "리허설 하는 동안 제가 인터뷰를 했는데요. 연습을 하다가 싸운 적도 있다면서요?" "제일 나이가 많으신 분이 몇 살이라고 하셨죠?" "늦게까지 연습하다가 코피를 흘리시기까지 했다는데 누구신가요?" 인터뷰에 응해 주었던 단원들이 무대 위에서 대답을 했다. 객석에 앉아 있는 청중도 눈을 동그랗게 뜨고 관심을 갖고 집중했다.

"여러분은 제일 소중한 게 무엇입니까? 저는 오늘 이 곳에 오신 여러분입니다. 여러분을 보니 너무 행복합니다. 음악회 내내 행복한 시간되시기 바랍니다."

"애들아, 선생님이 제일 좋아하는 게 뭔지 아니? 선생님은 피자도 좋아하고 햄버거도 좋아하고 김밥도 좋아해. 하지만 박수를 제일 좋아한단다. 선생님이 인사할 때 큰 박수 부탁드릴게요."

나는 음악회 사회를 볼 때나 스피치 수업을 할 때 가능하면 오프닝 시간에는 질문을 던진다. 그러면 청중은 귀를 쫑긋 세워서 대답을 찾는 모습을 보이기도 하고 대답을 하기도 한다. 그냥 나 혼자서만 멘트를 하고 얘기를 한다면 밋밋한 사회나 수업이 될 수 있다. 그런데 질문을 던지면 지루해 하지 않는다. 청중은 질문을 받을 때 '저 사람이 나를 존중하는 구나' 라는 생각을 하게 된다. 그러면 신이 나서 더 적극적인 자세로 바뀐다. 다음은 어떤 이야기가 나올까 궁금해 하며 집중한다.

질문은 그 자체로 힘이 있다. 평서형으로 얘기하면 흘려들을 이야기도 질문을 하면 대답을 생각하게 된다. 광고문구에는 의문문이 많이 사용된다. 본능적으로 대답하고 싶게 만들기 때문이다. 질문을 받으면 청중은 긴장하게 되고 답을 찾기 위해 노력한다. 결국 질문을 통해 청중을 내 스피치에 집중하게 할 수 있다.

셋째, 반전 – 반전의 묘미를 느끼게 하는 것도 하나의 전략이다.

"나는 내 아내를 사랑합니다. 그런데 지금 나는 새로운 여자를 사랑하게 되었습니다." 모두가 웅성거리며 그 남자를 쳐다보았다. 그는 지금 그의 아내 연주회장에서 찾아온 손님들 앞에서 하지 말아야 할 얘기를 하고 있다. 그의 와이프가 너무 놀라서 쓰러지기 일보 직전에 그는 다시 말을 한다.

"내가 새로 사랑하는 여자는 연주자로 새롭게 태어난 내 아내 김혜영입니다. 여러분, 연주자 김혜영 사랑스럽지 않습니까?" 그날 모두들 열렬히 박수를 치며 환호했다. 연주자의 남편이 그냥 평범하게 인사를 했다면 사람들은 형식적으로 박수를 쳤을 것이다. 반전은 사람들에게 긴장감과 궁금증을 동시에 느끼게 한다. 카타르시스의 역할을 하는 것이다.

이처럼 늘 가지고 있던 상식을 뒤집으면 청중을 끌어당길 수 있다. 좋은 스피치는 호기심을 유발해서 청중이 듣게 하고 여운을 남긴다. 대중 앞에서 말을 할 때 호기심 유발은 청중을 주목하게 하고 꼼짝없이 내 말에 귀를 기울여 듣게 만드는 방법이다. 다른 사람 눈에 띄려면 차별화된 전략을 사용해야 한다. 청중에게 호기심을 불러 일으켜라. 생각의 발상이 당신을 스피치의 달인으로 만든다.

07

경직된 자세는 피하라

메라비언의 법칙에 따르면 사람의 이미지를 판단할 때 시각적 요소가 55퍼센트를 차지한다. 소심한 눈빛과 이상한 자세, 자신 없는 걸음걸이가 내 이미지 점수를 깎을 수 있다는 것이다. 그것도 절반 이상을 말이다. 첫 이미지를 바꾸는데 많은 시간과 노력이 필요하다. 초반에 상대의 마음을 잡기 위해서는 적절한 몸짓이 필요한 것이다.

말하기의 구성요인은 언어적인 요인과 비언어적인 요인이 있다. 제스처나 표정, 눈빛에 쉽게 매력을 느끼는 경험을 해 봤을 것이다. 신체로 표현하는 비어언적인 요소를 몸짓언어라고 한다. 이것은 입보다 더 많은 것을 솔직하게 나타낸다.

우리는 평소에는 몸짓언어를 잘 사용한다. 가족이나 친구를 만날 때 자연스럽게 손을 움직인다. 고개를 끄덕여 맞장구도 친다. 다른 지인을 만나서 얘기할 때도 몸짓언어의 달인이다. 그런데 무대에 올라가면 "어찌 하오리까?" 이다. 아니 할 수가 없다. 무대에 나오면 얼음이 되어버린다. 이것은 특히 정치인이나 공무원이 심하다. 연단에서 이야기할 때 거의 꼼짝을 하지 않는다. 유일하게 잘 움직이는 부분이 있다면 고개다. 까딱까딱 원고를 보기 위해서 말이다.

나는 지난 20대 총선에서 모 국회의원 연설원을 했다. "유권자 여러분 안녕하십니까?……기호 1번 홍길동(가명), 여러분의 간곡한 지지를 부탁드립니다." 깔끔한 정장차림으로 또박또박 말하는 연설원이 참 멋있었다. 언젠가 기회가 되면 나도 꼭 한 번 해 보리라 생각했다. 그런데 그 기회가 나에게도 온 것이다.

모 광장에서 처음 발대식 사회를 보고 본격적인 유세에 돌입했다. 유세차량을 타고 해당지역구 구석구석을 돌며 아침부터 저녁 늦게까지 연설했다. 입이 부르트고 목이 갈 정도로 열심히 외쳤다. 그런데 사람들이 많이 모이는 몇 군데서는 후보가 나가서 직접 연설을 하기도 했다. 처음 연설을 할 때 후보는 많이 떨고 버벅거렸다. 손동작이나 표정 등 몸짓언어가 거의 없었다. 보는 이들에게 안타까움을 느끼게 할 정도였다. 그러나 한 번 두 번 연설할수록 좋아졌다. 당선 이후 내가 사회 보는 행사에 그가 초청되었다. 다행히 그는 아주 자연스럽게 말을 했다. 원고를 보지도 않았다. 제스처도 자연스러웠다.

　몸짓언어는 일상대화에서처럼 자연스럽게 쓰면 된다. 내용에 집중하면 몸은 저절로 움직인다. 나는 몸치 중의 몸치였다. 그런데 음악회 사회나 행사사회를 보면서 달라졌다. 친구들이 내가 춤을 예쁘게 잘 춘다고 했다. 음악은 신나고 즐거운데 행사의 지휘자인 사회자가 나무토막처럼 뻣뻣하다면? 청중의 마음에서 즐거움이 생겨나다가도 도망을 간다. '내가 먼저 즐겨야 청중도 즐거워한다. 리듬을 타자.' 진행자가 먼저 몸으로 움직여 주고 리듬을 타면 청중은 즐거워한다. 그리고 스스로 몸을 움직여 음악과 하나가 된다. 그러면 그날 행사는 성공적으로 끝날 수 있다.

　살아있는 에피소드를 청중에게 전달하려면 목소리만으로는 부족하다. 반드시 몸짓언어가 필요하다. 몸짓언어를 쓰면 말이 청중의 마음에 무사히 도착하게 된다. 동작과 표정이 실감나면 청중은 말하기에 빠져 든다.

　그렇다면 몸짓언어는 어떻게 사용하면 될까? 나는 '꼭지3 청중의 눈을 마주치며 말하라'에서 눈빛에 관해서는 이미 자세히 이야기했다. 여기서는 무대의 기본자세와 얼굴표정, 손동작, 어깨, 발 등에 대해서 말하려 한다.

첫째, 기본자세와 인사법 – 자신 있고 당당한 걸음걸이로 무대에 오른다. 무대 중앙에 선다. 미소 띤 얼굴로 청중 전체를 훑어보며 눈맞춤을 한다. "반갑습니다. 여러분을 만날 수 있다면 아파서 누워 있다가도 벌떡 일어나 달려오는 MC! 음악과 무대와 여러분을 사랑하는 MC 김채선입니다." 간단히 나를 소개하고 허리 굽혀 정중하게 인사한다.

인사를 할 때까지 발을 모았으면 이제 골반 너비만큼 벌려 안정된 자세를 만든다. 두 손을 포개어 배꼽과 명치 중간 정도에다 가볍게 둔다. 언제든 쉽게 사용할 수 있도록 자연스럽게 두면 된다. 나는 주로 마이크를 잡고 하는데 그럴 때는 좀 더 자연스럽게 하면 된다. 동작을 할 때는 크고 확실하게 하는 것이 중요하다.

둘째, 표정 – 몇 십 개의 근육이 미세하게 움직이면서 만들어지는 것이 표정이라고 한다. 스피치는 살짝 미소 띤 밝은 표정이 좋다. 미소 짓는 얼굴에서 발표자의 여유와 자신감이 절로 느껴지기 때문이다. 얼굴표정에서 가장 많이 쓰는 게 입이다. 입 꼬리가 처지면 기분이 좋지 않다는 인상을 주게 된다. 그것은 청중에게 그대로 전달되어 청중의 기분을 다운시킨다. 하지만 입 꼬리가 아무리 올라간다 하더라도 눈이 웃지 않으면 소용이 없다. 눈과 입이 따로 놀면 가식이라고 생각하므로 둘이 항상 같이 웃도록 해야 한다.

나는 무대에 서기 전에 먼저 얼굴 근육을 풀어주는 몇 가지 동작을 한다. 그리고 입 꼬리를 올릴 수 있는 단어들을 생각해서 몇 번씩 되풀이하여 말한다. 김치, 참치, 멸치, 위스키 키키키 하며 키득거리는 것이다. 잠시 후 청중은 나에게서 밝은 표정으로 기분이 업 될 것이다.

셋째, 손동작 – 무대에서 말할 때 손을 어찌해야 할 지 모르는 사람들이 많다. 무의미한 손동작을 반복하는 경우도 있고 아예 꼼짝도 하지 않는 사람도 있다. 손동작은 제대로 사용하면 메시지의 의미를 명확하게 하고 강조해 준다. 그리고 청중의 주의집중력도 높일 수 있는 것이다.

손은 배부터 가슴 사이에서 움직이는 게 안정적이다. 너무 낮으면 자신감이 없어 보이고 너무 높으면 산만해 보인다. 가슴을 열고 두 손을 넓게 펼쳐서 사용하는 것이 좋다. 강하고 주목을 요한다면 손을 가슴 위로, 머리 위로 올릴 수도 있다. 숫자나 순서는 손가락으로 나타낸다. 상대방이나 청중을 말할 때는 두 손을 뻗어 정중하게 가리킨다. 중요 포인트는 검지나 손바닥을 펴서 내민다.

넷째, 어깨 – 축 처진 날개를 한 새를 보면 참 애처롭다. 어깨를 내리고 고개 숙인 개를 보아도 마찬가지다. 어깨를 움츠리고 있는 사람은 병약해 보인다. 무대에서 말할 때는 정말 초라하고 자신감이 없어 보인다. 어깻죽지가 서로 닿을 만큼 어깨를 뒤로 쭉 펴자. 어깨는 자존심이다. 하늘을 오르기 위해 날개를 펴는 새의 모습이 얼마나 멋진

가. 어깨를 펴고 기품 있는 모습을 보여주자.

다섯째, 발동작 – 중학교 자유학기 수업시간이었다. 어떤 주제를 정했는지 조별로 발표해서 제일 잘한 팀에게 상을 주기로 했다. 첫 번째 팀 학생은 가만히 서서 조용히 발표를 했다. 두 번째 학생은 발을 앞뒤로 계속 움직이기도 하고 손가락을 한시도 가만 두지 않았다. 세 번째 학생은 무대의 왼쪽 끝에서 오른쪽 끝으로 왔다 갔다 하며 서성댔다. 마지막 학생은 무대 가운데서 앉아 있는 학생들에게 자신 있게 이야기했다. 시원스런 손짓과 몇 발자국 이동까지 하면서 말이다. 결국 그날 약속한 선물은 마지막 학생에게 돌아갔다.

경직된 자세로 말을 하면 청중이 감동하지 않는다. 사람은 청각보다는 시각에 더 민감하기 때문이다. 세계적인 명 연사들은 등장할 때부터 당당하고 자신감 있게 걷는다. 강연 내내 역동적이다. 이쪽에서 이야기하다가 저쪽에서 이야기한다. 질문을 하고 대답을 할 때는 관객 앞으로 다가선다. 강연 내내 밝은 표정을 짓고 손동작 하나하나가 절도 있다. 스피치 내용과 잘 어우러진다. 몸짓언어는 나를 주목하게 만들고 나를 신뢰하게 만든다. 명품 스피치, 제대로 된 스피치를 원하는 당신, 경직된 자세는 피하라.

08

마무리를 명확하게 하라

인간관계 모든 일은 끝이 좋아야 한다는 말이 있다. 일의 시작보다는 마무리가 좋아야 한다는 것이다. 사람은 망각의 동물이기 때문에 처음과 중간 것은 잘 잊는다. 그리고 끝을 더 잘 기억하기 때문일 것이다.

마무리가 중요한 것은 인간관계뿐만 아니라 말하기에서도 마찬가지다. 나는 대중 앞에서 강연가로 살고 싶은 꿈이 있었다. 그래서 강연기법을 배우며 공부를 한 적이 있다. 자기소개를 하는 시간이었다. 나보다 앞서 발표한 분이 차분하게 말을 잘한다 싶어서 진지하게 들었다. 그런데 갑자기 뒷부분에 가서 버벅거리며 말을 제대로 이어가지를 못했다. 어떻게 끝을 맺어야 할지 몰라 안절부절 못하다가 간신

221

히 마무리를 하고 자리로 들어갔다.

또 한 사람은 머뭇머뭇하며 처음에 아주 부끄러워했다. 그러다가 갑자기 그 분이 "내가 이런 거 안 해 봐서 부끄러움이 많습니다. 잘 봐 주세요." 라고 했다. 앉아있던 우리는 그분의 솔직한 고백에 힘내라는 의미로 박수로 응원을 해주었다. 그러자 그분은 용기 내어 끝까지 자기소개를 하고 들어갔다.

이 두 사람 중에 그날의 히어로는 누구였을까? 물론 뒤에 발표한 사람이다. 앞에 발표했던 분이 말할 때는 모두가 마음 졸이며 안타까워 했던 시간이다. 마무리만 잘했으면 얼마나 박수를 많이 받았을까? 하지만 그는 결국 고개 숙인 사람이 되고 말았다. 그러나 뒤에 발표한 분은 자기의 상황을 솔직하게 말했고 청중의 박수에 힘입어 유창하지는 않아도 차분하게 자기소개를 할 수 있었다.

아무리 처음에 말을 잘하고 청중에게 호감을 주어도 마지막에 제대로 하지 못하면 청중에게 사랑받기 어렵다. 사람은 시간이 지난 것은 쉽게 잊어버린다. 앞에 한 말보다는 뒤에 한 말을 더 잘 기억한다. 그러므로 말하기에서 마무리가 중요한 것은 확실하다

자, 그렇다면 이 중요한 마무리를 어떻게 하면 잘할 수 있을까? 어떻게 하면 마무리를 명확하게 할 수 있을까?

첫째, 핵심내용 강조하여 다시 말하기 - 마무리를 할 때는 앞에서 말한 내용을 듣는 사람이 잘 기억하도록 해야 된다. 그렇다고 처음으로 돌아가서 다시 할 필요는 없다. 주제가 무엇인지 되짚어 보고 그것을 다시 한 번 강조하는 것이다. 아니면 핵심 내용 한두 가지를 강조하면 된다. 시간이 지나면서 청중은 처음 이야기한 내용을 쉽게 잊어버린다. 주제나 핵심을 한 번 더 강조할 때는 똑같은 단어와 문장을 반복하기보다는 같은 뜻이지만 다른 언어로 표현하는 것이 좋다. 그래야 색다른 느낌이 들고 신선함을 줄 수 있기 때문이다. 그러면 집중하게 된다.

마무리는 짧고 굵게 해야 한다. 좋은 소리도 너무 자주 들으면 은근히 싫어진다. 길게 하면 잔소리가 된다. 설교가 20분을 넘어가면 죄인도 구원 받기를 포기해 버린다는 말이 있지 않은가. 핵심을 짚어주는 것도 간단하게 해야 한다는 것을 기억하기 바란다.

둘째, 시간 꽉 채우지 않기 - 가끔 1분 스피치나 5분 스피치를 해보는 경우가 있다. 하다보면 시간이 조금 남을 수도 모자랄 수도 있다. 그러므로 주어진 시간을 가득 채워서 강의한다는 생각을 안 하는게 좋다. 십 중 팔구의 시간만 쓴다고 생각하자. 십 분의 여유를 두고 마치는 것이 좋다. 남은 시간은 질문을 받고 답할 수도 있고 추가설명을 해서 느긋하게 하는 것도 한 방법이다. 듣는 사람은 정해진 시간에서 조금만 길어져도 지루하게 느낀다. 시간을 철저히 지켜야 청중의 집중과 호응을 받을 수 있다. 시간까지 생각해서 정확하게 마치는 프로의 모습을 보여 주어라.

셋째, 감동 주기 - 나는 음악회 사회를 많이 본다. 대중음악회도 보지만 클래식이나 영화 음악을 하는 실내사회를 많이 봤다. 클래식이나 영화음악을 주로 하는 날은 감흥이 정말 오래 간다. 어떤 때는 그 감흥이 오래 가서 일주일 내내 붕 떠있을 때도 있다. 특히 마지막 에 들은 곡이나 영화음악의 장면들이 머릿속에 남아 계속 생각이 나기도 한다. 이것은 내가 음악으로 감동을 받았다는 것이다.

당신도 말을 할 때 청중에게 감동을 주고 싶지 않은가? 그러려면 명언으로 마무리하면 된다. 명언은 영화나 드라마 속에서도 찾을 수 있고 유명인사의 말에서 찾을 수도 있다. 그리고 주제에 맞는 시구로 마무리해도 좋다. 구태의연한 것 말고 사람들의 마음을 울릴 수 있는 내용을 넣으면 감동을 줄 수 있는 것이다. 명언은 말의 품격을 올려준다.

『기브앤테이크』의 저자 '애덤 그랜튼'은 테드 강연에서 '당신은 주는 사람입니까, 받는 사람입니까' 라는 주제로 강연을 했다. 그는 주는 사람이 성공할 확률이 더 높다는 내용의 강의를 이렇게 마무리했다.

"저는 주는 사람이 성공하는 세상에 살고 싶습니다. 그리고 그런 세상을 만들 수 있도록 여러분이 도와주시길 희망합니다."

감동적이지 않은가. 주제를 상기키면서 여운까지 남겼다.

중학교 때 방송 반을 하면서 음악회를 처음 진행한 적이 있다. 일기장을 펼쳐보니 마지막 멘트를 이렇게 했다고 쓰어 있다.

"존 러스킨은 말했습니다. '인생은 흘러가는 것이 아니라 채워지는 것이다. 하루하루를 보내는 것이 아니라 내가 가진 무엇으로 채워가는 것이다.' 라고요. 이 말을 생각하며 중학교 시절 알차게 보냅시다. 함께 해 주신 모든 분들께 진심으로 감사드립니다."

당시 나는 방송 반 담당선생님께 마무리를 명언으로 하라는 말을 들은 적이 없다. 친구들의 가슴에 그 음악회가 좋은 추억으로 오래 남기를 바라는 마음으로 그런 멘트를 사용했던 것 같다. 그날 음악회가 끝나고 선생님들께 칭찬을 많이 들었다. 그리고 친구들에게도 좋은 소리를 많이 들었다.

요즘도 나는 마무리는 언제나 감동과 여운이라는 생각으로 한다. 행사사회든 강연이든 청중의 가슴에 오래 남는 말하기를 하고 싶다.

이만하면 말하기에서 마무리가 얼마나 중요한지 다 알 것이다. 지금까지 마무리를 명확하게 하는 방법에 대해서 이야기해 보았다. 기억을 떠올려 보자.

첫째, 주제 즉 핵심을 다시 한 번 강조해 주어라. 둘째, 시간을 꽉 채우지 마라. 셋째, 명언이나 시구를 사용해서 청중에게 감동을 주어라. 다들 잘 기억하고 있는 듯하다. 아무리 서론 본론이 좋다하더라도 지나간 것은 잘 잊고 때문에 결론 부분을 더 잘 기억한다.

찌지고 볶고 싸우더라도 끝이 좋으면 좋은 기억으로 남을 수 있듯이 말하기에서도 서론 본론보다는 결론, 마무리가 중요하다. 나의 말이 청중에게 하나의 의미, 하나의 눈짓으로 남기를 바라는가? 그러면 마무리를 명확하게 하라.

09

옷차림에서 프로의 모습을 갖춰라

이번 행사에서는 어떤 옷을 입을까? 행사 진행 섭외를 받고 원고를 쓰고 나면 옷장을 열고 한참 생각을 한다. 이건 얼마 전에 어디에서 입었고 저건 어느 행사에서 입었고 내 머릿속은 진행했던 무대를 필름처럼 떠올린다. 그러나 마땅히 입을 옷이 없다. 옷을 살 수 있는 밴드에 여러 개 가입했고 자주 들어가서 새로 나온 옷을 구경한다. 그 중에서 마음에 드는 옷이 있으면 몇 벌을 한꺼번에 사기도 하며 옷을 사는데 막상 옷장만 열면 입을 옷이 없어서 고민이다.

사람들은 깔끔하고 세련된 옷을 입었을 때와 후줄근한 옷을 입었을 때의 기분이 상당히 다르다. 깔끔하고 세련된 옷을 입고 여러 사람을 만나게 되면 일단 기분이 아주 좋다. 자신감과 자존감이 더 생긴다. 그리고 그 옷에 걸맞는 행동을 하게 된다. 지저분하고 후줄근한 옷을 입고 나가면 왠지 자존감 자신감이 없다. 기분이 좋지가 않다. 사람들의 시선을 피하게 된다. '옷이 날개다.' 라는 말이 있다. 옷이 좋으면 사람이 돋보인다는 뜻이다. 복장이 다른 사람에게 좋은 인상을 주는 데 큰 역할을 한다는 것이다.

주변에 옷을 참 깔끔하게 입는 사람이 있다. 하얀 옷에는 점 하나 찾아볼 수 없을 만큼 깨끗하다. 구김살 하나 없이 반듯반듯하다. 그를 만날 때면 경이롭다는 생각이 든다. 무대에 설 때가 아니면 나는 평소에 평범하게 입고 다닌다. 사실 의상에는 신경을 안 쓰고 동네를 돌아다녔다. 그런데 나는 몇 년 전부터 큰 무대 실내 음악회 사회를 보다가 바깥행사까지 사회를 본다. 그리고 현재 사는 곳으로 이사를 오고 나서는 동네에서 벌어지는 크고 작은 행사 사회까지 보게 되었다.

어느 날 행사를 마치고 무심코 동네를 돌아다니는데 열성 팬 언니가 나를 알아보았다. "어이구, 사회자님 어디 가십니까?" 순간 나는 깜짝 놀랐다. 사람들이 나를 알아보는구나. 나는 자동적으로 아래 위 내 모습을 훑어보게 되었다. 어제의 모습과는 너무 다르다. 그 일이 있고 난 뒤 항상 의상에 신경을 쓰게 되었다. 시장에 갈 때도 슈퍼에 갈 때도 이미지 관리를 한다. 연예인들이 참 고생이라는 생각을 하면서.

사람과 사람의 만남에서 옷차림은 상당히 중요하다. 아주 편하게 입고 나갈 때는 상대가 정말 친한 경우다. 그냥 잠옷 바람으로 나가는 것은 상대를 전혀 생각하지 않는 행동이다. 어쩌면 그를 무시하는 처사다. 그런데 좋아하는 사람이거나 사랑하는 사람이면 제일 좋은 옷을 골라 입고 간다. 또 업무상 중요한 사람을 만나러 갈 때도 신경을 많이 써서 옷을 골라 입는다. 옷차림은 상대에 대한 예의요 성의다.

우리의 시선을 스피치 무대로 옮겨 가보자. 남루한 옷을 입고 수많은 사람들 앞에 서 있는 나의 모습과 깔끔하고 단정하게 차려 입은 나의 모습! 어느 것이 더 만족스러운가? 어느 쪽이 더 당당하고 자신감이 생기는가.

스피치에서 첫 인상은 당연히 옷차림이다. 무대로 걸어가거나 연단에 오르기 위해 걸어가는 짧은 순간 사람들은 스피커의 옷차림을 제일 먼저 보게 된다. 그런데 옷차림이 그 분위기에 맞지 않거나 그 날 주제와 맞지 않다면? 청중의 수준과 맞지 않다면 이미 점수를 잃고 무대에 오르는 것이다. 대중 앞에서 말을 할 때는 더욱 더 신경 써야 한다. 머리가 헝클어지고 옷이 지저분하게 구겨져 있다면? 보는 사람들은 그가 게으르고 성실하지 못하다고 생각한다. 청중을 만날 준비가 안 돼 있다고 생각한다. 옷차림은 중요하다.

미국의 뇌 과학자 폴 왈렌의 연구에 의하면, 사람은 0.1초도 안 되는 짧은 순간에 상대방에 대한 호감도와 신뢰도를 결정한다고 한다. 첫 이미지가 단단하게 굳어 바뀌지 않는다고 하여 이를 콘크리트 법칙이라고 부른다. 이렇게 한 번 굳어진 첫인상은 지속성이 강해서 바꾸려면 무려 40시간의 대화가 이루어져야 한다는 것이다. 스피커가 첫인상에서 점수를 따지 못하면 그날 스피치는 완전 실패로 끝날 확률이 높다. 그러므로 많은 청중 앞에 설 때에는 옷차림에 신경을 써야 한다. 옷차림만 보고도 프로구나라는 인상을 줄 수 있어야 한다.

옷차림에서 주의할 점은 간단히 두 가지로 말할 수 있다.

첫째, 때와 장소에 맞게 입기 − 옷차림에서 프로의 모습을 갖추라는 것은 결코 명품 옷을 입으라는 것이 아니다. 때와 장소에 맞게 적절한 복장을 입어야 한다는 것이다. 사람들은 일반적으로 결혼식에 갈 때는 밝고 화사한 옷을 입되 신부보다 조금 눈에 덜 띄는 것을 입는다. 장례식장에 갈 때는 보통 검은색 계통의 옷을 입는다. 의식이나 행사자리에는 깔끔한 정장차림이다. 그런데 이것을 거꾸로 입거나 하면 정말 어색하지 않겠는가. 상상하기도 싫은 끔찍하고 민망한 일이다.

장소가 실내인지 실외인지에 따라서도 의상은 바뀔 수 있다. 실내면 좀 더 예쁘고 멋진 치마정장을 입을 수 있지만 바깥이면 또 다르다. 바람과 날씨를 고려해서 결정하는 게 좋다. 그리고 이동하는 곳이

멀고 가까움에 따라서도 의상은 달라야 한다. 유명강사인 김미경 씨는 송년회 파티에서 스피치 할 때는 드레스를 준비하고, 지방에 갈 때는 편안한 정장을 고른다고 한다.

나는 주로 실내에서 음악회 사회를 볼 때는 얌전한 원피스나 투피스 치마차림으로 간다. 그리고 바깥 야외에서 사회를 볼 때는 정장 바지를 입고 가는 편이다. 학교나 기관에 강의를 하러 갈 때는 역시 참한 투피스 차림을 한다.

음악회 사회를 볼 때 인터미션이 없을 때는 한 벌만 준비한다. 그런데 인터미션이 있는 음악회는 두 벌을 준비해서 간다. 1부와 2부 의상을 달리하기 때문이다. 2부 순서에서 사회자가 의상을 바꾸어 입으면 청중에게 1부와는 다른 신선함을 줄 수 있다. 그 신선함으로 청중에게 조금이라도 즐거움을 줄 수 있다면 옷 갈아입는 수고로움은 아무것도 아니다.

둘째, 대상에 따라서 입기 – 청중이 누구인가에 따라서 그들의 취향을 생각해서 입으면 된다. 아이들이 있는 곳에서 사회를 보거나 스피치를 한다면 이이들이 좋아하는 의상을 입어야한다. 할머니 할아버지가 있는 곳에 강연을 간다면 좀 더 화사하고 밝은 정장차림이 좋다. 어른들의 기분을 업 시키기 위해서는 밝은 계통의 옷이 낫기 때문이다.

내가 공부했던 단체의 한 선배가 강연가 과정 수업을 마치고 소감을 발표하는 영상을 보았다. "언제가 될지 모르지만 첫 강연 때 입으려고 옷을 한 벌 내렸어요. 그 옷을 꼭 입고 강의할 거예요" 라고 말했다. 선배는 아직 강연을 나가지도 않는데 미리 옷을 산 것이다. 그만큼 강연이나 대중 앞에서 말을 하는 사람들은 옷차림이 중요하다는 것을 알 수 있다.

옷은 그 사람의 얼굴이다. 스피치를 할 때 청중과의 첫 대면은 바로 의상이다. 옷차림이 별로라면 벌써 지고 들어가는 것이다. 비싸고 사치스러운 옷이 아니라 때와 장소에 맞는 옷을 입자. 깔끔한 느낌을 줄 수 있는 옷을 입으면 된다. 그날 주제와 맞고 청중의 나이와 취향에 맞는 옷을 입어라. 프로다운 옷차림은 당신의 격을 높이고 당신을 당당하게 만든다. 엣지 있고 우아하게 무대의 주인공이 되길 바란다.

CHAPTER

05

말하기는 나에 대한
재발견이다

스스로 대견하게 생각하고 긍정의 힘을 주자.
흔들리지 않는 확실한 믿음으로 나를 바라보자.
말하기 능력은 이미 내 안에 있었다.
이제 내 안에 잠자고 있는 말하기 능력을 깨워라!

01

말하기 능력, 이미 내 안에 있었다

교회 행사가 있을 때 가끔 유치부 전도사인 큰언니를 도와 줄 때가 있다. 동화구연을 할 건데 좀 가르쳐서 내보낼 수 있게 해 주라, 나만의 동화책 만들기 프로그램 좋던데 7살 대상으로 한 번 강의해주라 등 여러 가지 요청을 한다. 그러면 그 부탁을 뿌리치지 못하고 들어주게 된다.

3월 둘째 주에 언니가 불쑥 말했다. "이번 부활절에 우리 유치부가 2부 행사에 나가야 하는데 예수님께 보내는 편지글 하나 써서 지도 좀 해주라." 나는 다짜고짜 안한다며 손사래를 쳤다. 작년 부활절 행사가 생각났기 때문이다.

작년 부활 주일에 '달걀 삼형제'라는 원고를 써서 아이들 두 명에게 구연동화를 지도했다. 원고를 쓰고 아이들 부모에게 보냈다. 일주일간 열심히 외우게 도와달라고 부탁을 한 것이다. 그런데 다음 주일에 확인을 해 보니 거의 외우지를 않았다. '내가 학원에서나 개인적으로 지도하는 애들은 외우라고 하면 금방 외우는데 교회 아이들은 왜 그럴까?' 라는 생각이 들었다. 그래도 마음을 가다듬고 원고 전체를 동화구연해서 어머니들 폰으로 보냈다. 계속 보고 듣고 그대로 연습을 하라고 부탁했다.

그 다음 주에 가서 확인을 했는데 그 때도 마찬가지였다. 이래저래 시간이 지나 전체 리허설 하는 날이 되었다. 하루에 두 시간씩 일주일을 지도하고 연습을 시켰건만 마음에 들 정도로 기량을 보이지 않아 많이 속상했다. 그래서 무대에서 다시 온 힘을 다해 몇 번을 지도했다. 녹초가 되었다. 이제 더 이상 어떻게 할 수 있는 시간도 없고 아이들만 믿어야 했다. 나는 당일에 참석을 못했지만 성도들의 호응이 아주 좋았고 아이들이 잘했다는 얘기를 들었다. 그나마 다행이었다.

그런데 그때의 수고를 또 해야 한다는 생각을 하니 내 몸이 저절로 거절을 한 것이다. 그 뒤에도 몇 번씩 언니의 간곡한 부탁이 이어졌다. 그래서 이번에는 원고만 써주고 지도는 안 할 것이라고 했다. 발표할 아이에게 맞는 원고를 쓰기 위해 아이 어머니께 전화를 했다. 부활절에 아이와 하는 일, 부활절에 대해 어떻게 설명을 해 주는지를 물었다. 그런데 별로 신통한 이야기가 나오지 않았다. 그런데 지난 주일에 교회학교에서 예수와 십자가 영상을 보고 마음이 아팠다고 했단다. 또 그 아이가 태어나자마자 수술을 하게 되었고 온 성도가 기도해서 병을 이겨냈다는 얘기를 했다. 그래서 나는 이 두 가지 에피소드로 최대한 아이의 시각에서 편지글을 완성했다. 아이 어머니께 원고를 보내고 일주일 동안 외울 수 있게 도와 달라고 했다.

일요일에 아이가 어느 정도 외웠는지, 외웠으면 지도를 해주려고 교회학교에 갔다. 아이가 오지 않았다. 나중에 들으니 아이가 아파서 예배참석을 못했고 외우지도 못했단다. 시간이 지나고 다음 주가 되었다. 역시 외우지 못했다는 이야기를 들었다. 안 해줘도 되지만 이왕이면 잘하기를 바라는 마음이 있어 몇 번 지도를 해주려고 했는데 마음을 몰라주는 것 같아 안타까웠다.

그런데 점심을 먹으러 식당에 가니 아이가 엄마랑 밥을 먹고 있었다. 아이에게 다가가 하림이 예쁘다며 말을 걸었다. 원고를 외웠느냐고 했더니 "나는 그런 거 못해요. 할 수 없어요."라고 했다. "그래도 하림이는 연습하면 잘 할 수 있을 것 같아. 끝까지 열심히 해"라며 머리를 쓰다듬어 주었다.

드디어 토요일에 총 리허설을 끝내고 다음날 부활절이 되었다. 나는 사회자로 2부 공연 행사 진행을 맡았다. 오프닝 멘트를 하고 처음 출연자로 하림이를 소개했다. 아이는 외워서 말하듯이 하지 않고 보면대에 원고를 놓고 그대로 읽었다. 옆에 있는 사람에게 자연스럽게 말을 하듯이 하면 참 좋았을 편지글을 책을 읽듯이 읽었다. 사람들의 반응이 좋을 리가 없다. 그래도 연습할 때는 정말 못하겠다고 하던 아이였는데 무대에 나와서 읽을 수 있다는 것도 큰 용기라고 칭찬하며 청중의 박수를 유도했다. 아쉬움이 남았다.

그런데 행사를 끝내고 이층에서 언니랑 점심을 먹고 있는데 하림이가 환하게 웃으며 다가왔다.

"안녕하세요. 나 잘했지요? 자신이 생겼어요. 이제 교회학교에도 잘 나갈 거예요."

하림이는 이번 무대 경험으로 자신감을 얻었다. 처음에 자기는 잘 외우지도 못할 거라고 생각했다. 여러 친구들 앞에서나 무대에서 연습하는 것조차 떨리고 무섭다고 했었다. 안 할 거라고 계속 버티기도 하며 울던 아이였다. 과연 당일에 무대에 나올 수 있을지 걱정을 하게 만들었다. 하지만 그 아이는 무대에 나왔고 비록 보고 읽었지만 단 한 번의 무대 경험으로 자신감을 얻었다니 너무 기특했다. 일곱 살 아이가 얼마나 감격했으면 언니와 내게 조르르 달려와 스스로 그런 얘기를 했을까! 참으로 놀라운 일이었다.

사람들은 개인의 내면에서 일어나는 모습을 볼 수가 없다. 그리고 한 사람이 무대에 서서 말을 하기까지 자기 자신과 어떤 싸움을 하는지 알 수 없다. 단지 눈에 보이는 것으로 그 사람을 판단하려고 한다. 그 사람이 무대에서 얼마나 잘하느냐에만 관심을 갖고 있는 것이다.

그 아이는 자신과의 두려움과 치열하게 싸움을 했고 끝내 그 싸움에서 이긴 것이다.

보통은 그가 아이든 어른이든 사람들 대부분은 자신의 능력을 제대로 믿지 못한 채 살아간다. 그러나 조금만 용기를 주고 도움의 손길을 뻗으면 놀라운 결과를 볼 수 있다. 이것은 바로 우리는 우리의 내면에 무엇이든 할 수 있는 잠재력을 갖고 있다는 것이다. 사람들은 필사적으로 자신의 이야기를 세상과 나누고 싶어 하고 잠재력을 나타내고 싶어 한다. 사람들이 모두 하림이가 잘했다고 생각하지 않는다. 그러나 청중 중에는 잘했다고 생각하는 사람도 분명히 있다.

청중은 생각보다는 스피커의 말을 받아들이고 지지를 보내는 경우가 많다. 두려움을 떨쳐버리고 용기 내어 무대에서 입을 연다면 청중은 당신을 응원하고 지지한다. 열심히 하더라도 항상 모든 청중을 감동시키지는 못한다. 그러나 언제든 모인 청중 중에 당신을 응원하고 지지하는 사람 한 둘은 꼭 있으니 그들을 보고 힘내서 열심히 하기 바란다. 준비된 사람은 언제든 영향을 주고 영향을 받을 수 있다.

무대에서 많은 청중 앞에서 말을 하려고 하면 겁이 나고 두렵다. 그러나 무엇을 말할 것인지 어떻게 말할 것인지 어떻게 하면 잘 할 수 있을지 우리는 알고 있다. 그동안 많은 사람들을 만나고 그들과 대화했으며 그들이 말하는 것을 분명 듣고 보았다. 그리고 적어도 한두 번 이상은 유명 강연가들이 하는 강연도 듣고 책도 읽어 보았을 것이다. 그러니 이제는 두려워할 필요가 없다.

말하기 능력이 이미 내 안에 있었다. 내가 보고 듣고 느낀 것이 있다. 몇 년씩 아니 몇 십 년씩 우리는 살아왔다. 살면서 많은 삶의 굴곡을 겪으며 오늘의 나라는 모습으로 서있는 것이다. 오늘의 나 속에는 수많은 이야기가 모여 있다. 이웃에게 말하듯 편안하게 말을 해 보라. 말하기 능력이 이미 내 안에 있다는 진리를 다시 한 번 진심으로 명심하고 온 마음으로 받아들이고 바깥으로 끌어내는 일을 해보는 것이다.

천지를 창조하고 전지전능한 신의 형상으로 태어난 사람은 그의 능력을 받았다. 인간의 내면에는 무엇이든 할 수 있는 무한한 잠재력이 있다. 그것을 어떻게 끄집어내어 활용하고 사용하느냐는 당신에게 달려 있다. 자신감을 갖고 말을 잘할 수 있다는 믿음으로 무대에 서라. 칭찬은 고래도 춤추게 한다고 하지 않던가. 스스로 대견하게 생각하고 긍정의 힘을 주자. 흔들리지 않는 확실한 믿음으로 나를 바라보자. 말하기 능력은 이미 내 안에 있었다. 이제 내 안에 잠자고 있는 말하기 능력을 깨워라!

02

말하기는 나에 대한 재발견이다

중학교 1학년 때 담임선생님은 종례시간이 되면 항상 칠판에 시를 적어 주시곤 했다. 그때 윤동주와 한용운, 김소월을 알았고 라이너마리아 릴케, 헤르만헤세 등 많은 시인들과 그들의 시를 알게 되었다. 그들의 시를 소리 내어 읽으면서 조용히 눈을 감고 내용을 음미했다. 놀라운 일이 벌어졌다. 마치 그들이 살아서 내게 말하는 듯한 감동이 일었다. 언젠가 나도 꼭 시인이 되어야겠다고 생각했다. 그리고 그 꿈은 2015년 6월에 이루어졌다.

〈그것은 희망의 빛〉

나는 햇살이 좋아요

보일 듯 말듯 커튼 뒤에 숨었다

천천히 걸어오는 한 줌 햇살은

미소년의 얼굴

애인인 듯 연인인 듯

어쩌면 그 너머 더 장엄한

무엇인 듯 가슴이 쿵쾅거립니다

지치고 쓰러져

아무런 희망 없을 때

작은 이파리 위로 한없이 쏟아지는

초록햇살 앞에 서면

절망은 변하여 희망이 되고

슬픔은 기쁨이 되어

가슴 한복판에서부터

손끝으로 발끝으로 번지어

내 온 몸과 마음

영혼까지도 살아납니다

햇살! 불러만 보아도 좋은

온전히 가슴에 품고

또 하루를 살아갑니다.

이것은 내가 자주 읽고 낭송하는 자작시다. 이 시는 햇살이 단순한

햇살을 넘어 내게는 애인과 종교와도 같이 커다란 힘으로 다가와 힘들고 어려운 일이 있을 때도 삶의 희망을 노래한다는 내용이다. 나의 삶의 자세와 긍정적인 에너지를 노래했다. 나의 생각과 철학과 관점, 감정들이 고스란히 들어 있다. 한 편의 시는 시인을 그대로 닮아있다.

이것은 시에서 뿐만이 아니고 스피치에서도 마찬가지이다. 스피치에서 스피커의 생각과 철학 그 자신을 송두리째 알려주는 것은 바로 콘텐츠이다. 콘텐츠는 말하기에서 제일 중요한 부분이다. 콘텐츠는 책이나 잡지, 신문에 나와 있는 이야기를 가져와서 할 수도 있다. 그러나 그런 이야기는 청중에게 감동을 주지 못한다. 그래서 어떤 이는 이것을 최하급의 에피소드라고 말하기도 한다. 청중에게 감동을 주고 살아있는 이야기를 하려면 남의 것으로는 어렵다. 말하는 사람인 내가 살아온 이야기를 해야 한다. 나의 기쁨과 슬픔, 괴로움과 아픔을 얘기하는 것이다. 힘들고 어려운 역경을 어떻게 이기고 꿈을 이루며 살아왔는지. 여러 에피소드에 메시지를 추가하면 그것이 바로 자신만의 독특한 콘텐츠가 되는 것이다. 자신만의 독특한 이야기를 해야 청중에게 사랑을 받는다.

한 편의 시 속에 시인의 모든 철학과 감정과 지혜들이 들어가듯이 스피커의 콘텐츠에도 말하는 사람의 농익은 삶과 철학, 인생을 바라보는 관점들이 배어있는 것이다.

며칠 후 당신은 백 명의 사람들 앞에서 떨지 않고 말하는 법에 대해 스피치를 한다고 치자. 어떻게 할 것인가? 당신은 고민을 하게 된다. 그 고민이 몇 날 며칠 갈 수도 있다. 아니면 얼마 지나지 않아 아하 하고 방법을 찾을 수도 있다.

말을 하기 위해서는 먼저 말할 내용을 찾고 그것을 글로 써야 한다. 아무리 베테랑이라도 원고 없이 그냥 무대에 나가서 말을 하는 바보는 없다. 대중 앞에서 말을 한다는 것은 모든 사람에게 두려움과 떨림을 주기 때문이다. 1분 스피치나 5분 스피치도 평소에 많은 훈련과 연습을 한 사람만이 잘 할 수 있다. 하물며 몇 십분, 한 시간 이상의 긴 스피치에서는 원고와 연습은 필수다. 우리가 알고 있는 유명연설가나 말하기 강사도 원고를 쓰는데 시간을 많이 보낸다. 말하기 원고 내용이 좋아야 청중을 들었다 났다 하며 스피치를 할 수 있기 때문이다.

말할 내용을 쓸려면 먼저 오랜 시간 나와 충분히 대화하고 깊이 들여다보게 된다. 유년기, 청소년기, 장년기 등 살아온 과거로의 여행을 떠난다. 내가 어렸을 때 말을 잘했는가? 말을 못해서 겪었던 창피나 트라우마는 없었는가? 아니면 말을 잘해서 반장이 되고 회장이 되고 상이라도 받았던가? 말하기 주제와 관련된 모든 기억들을 하나하나 더듬게 된다. 거기에서 과거의 나 현재의 나를 만나고 미래의 나를 상상한다. 원고에는 나의 삶이 고스란히 배어있다. 나는 스피치 원고를 작성하거나 시를 쓰고 글을 쓸 때 과거에 써놓았던 일기장이나 수첩,

간단한 메모들을 통해 영감을 얻고 에피소드를 챙긴다. 따라서 결국 내 안에서 스피치 원고의 재료, 즉 말의 재료를 발견하게 되는 것이다. 스피치는 바로 나에 대한 재발견이다.

사람들에게 웅변이나 스피치를 가르치다 보면 말할 내용을 스스로 쓰려고 하지 않는다. 그들은 안 써봤기 때문에 못 쓴다고 하거나 원래부터 글 솜씨가 없다고 한다. 그러면서 내용을 써달라고 하는 것이다. 지도하는 사람이 원고를 써 줄 수 있다. 대화를 통해서 하고 싶어 하는 말이나 내용을 잘 듣고 대필할 수 있으니까.

그런데 그런 사람들은 글을 못 쓰거나 타고난 글쓰기 실력이 없는 것이 아니다. 생각을 하지 않아서이다. 자기를 돌아보지 않아서인 것이다. 자기를 돌아보고 천천히 생각하고 글을 쓴다면 누구나 스피치 원고를 쓸 수 있다. 원고를 제일 잘 쓸 수 있는 사람은 말하기를 준비하는 자기 자신인 것이다. 자신이 하고 싶은 말에 대한 원고를 써야 가장 호소력 있게 말을 할 수 있다.

나는 내 삶의 여정을 돌이켜 보고 완성한 원고를 수십 번 연습한 후 무대에서 청중을 만난다. 시를 낭송하거나 좋을 글들을 소리 내어 읽으면 마음이 차분해지고 기쁨이 솟아난다. 그런데 내가 살아온 삶을 돌아보며 나와 수많은 대화를 하며 쓴 이야기를 사람들 앞에서 열정적으로 말을 한다는 것은 얼마나 멋지고 감동적인 일인가. 또한 청중과 공감하며 말하는 동안 청중의 관심과 반응 그들과의 이야기는 나에게 또 다른 경험이 되고 새로운 말하기의 재료가 된다. 내 삶의 한 페이지가 된다. 나를 돌이켜 보고 나를 성숙시키는 일이 된다.

대중 앞에서 말 잘하는 인기강사는 아니더라도 무대에서 말하기 위해 나를 돌아보고 성찰하기 바란다. 말하기가 당신을 내면적으로 풍성한 사람으로 만들어 줄 것이다.

말하기 능력이 스펙이다

03

아무리 똑똑해도 제대로 말하지 못하면 허당이다

옛날에 한 장사꾼 총각이 있었다. 그 장사꾼은 홀어머니를 모시고 있었는데 어머니가 그날따라 고기를 먹고 싶어 했다. "어머니, 쪼매만 기다리믄 진주에 큰 장이 열리니 장사를 해서 어머니께 맛있는 고기 사드리께" 장사꾼은 당일 아침 일찍 진주를 향해 출발했다. 길가에 개나리, 진달래 아름다운 꽃들이 피어있었다. 장사꾼 총각은 정신없이 꽃을 구경했다.

그러다 그만 삼천포로 가버리고 말았다. 다시 진주로 가야 하나 말아야 하나 고민하던 장사꾼은 거기서 전을 펴기로 했다. 그리고 가지고 간 물건을 펼쳐 두고 사람들을 기다렸다. 한 시간 두 시간 ....시간이 지나도 장사꾼의 물건을 사는 사람이 없었다.

해질 무렵이 되어 장사꾼은 짐을 싸서 다시 집으로 향했다. 그는 어머니를 생각하니 마음이 아팠다. 그의 발걸음은 짐을 가득 실은 달구지를 끄는 소처럼 힘이 없다. 그의 마음은 별도 달도 없는 깜깜한 밤하늘이었다.

이것은 내가 각색한 이야기다. '삼천포로 빠지다.' 라는 말을 들어 보았을 것이다. 이 표현이 언제 만들어졌는지 왜 그런 말이 생겼는지에 대해서 정확한 것은 없다. 다만 그 지역 공무원들이 조사한 것에 의하면 예닐곱 가지 유래설이 있다. 나는 그 중에서 장사가 잘되는 진주로 가려다가 길을 잘못 들어 장사가 안 되는 삼천포로 가는 바람에 낭패를 당했다는 이야기를 각색한 것이다.

이 말은 '길을 잘못 들다' '이야기가 곁길로 빠지다' '어떤 일을 하는 도중에 엉뚱하게 다른 일을 하다' 와 같은 부정적인 의미로 쓰인다. 삼천포 사람들이 들었을 때 기분 좋을 리가 없다. 공식석상에서 이 표현을 썼다가 공식적으로 사과하는 일도 있었다고 한다. 지금은 삼천포가 사천 시에 편입이 되어 사천 시로 불리니 지역감정을 유발하지 않아서 다행이다.

일에서 뿐만 아니라 우리가 말을 할 때도 곁길로 빠지는 일들이 종종 있다. 중 고등학교 사회나 역사시간에 선생님들이 역사적인 사실을 열심히 스토리로 풀어나가신다. 그런데 갑자기 "아니, 내가 왜 이 이야기를 하지?" 라고 할 때가 있다. 갑자기 본인의 기억력이 흐려서

잊었을 경우도 있지만 하고자 하는 이야기에서 벗어난 경우에 그렇게 말한다. 그리고 처음에 한참 얘기하다가 본인 스스로 "아유, 딴 데로 샜네. 샜어. 빨리 처음 이야기로 돌아가자." 라며 스스로 이실직고하는 사람도 있다.

 고등학교 생각을 하면 머릿속에 떠오르는 한 친구가 있다. 그 친구는 수업 시간에 아주 적극적이었다. 책을 읽을 기회만 되면 손을 들었다. 그 친구는 또렷하고 분명하게 또박또박 책을 참 잘 읽었다. 선생님이 칭찬을 많이 해 주셨다. 내 눈에도 그 친구가 똑똑해 보였다. 그런데 얼마 지나지 않아 그 친구의 실체를 알게 되었다.

 학급회의 시간이었다. 그 친구는 손을 높이 들어 발표의 시간을 달라고 신호를 보냈고 의견을 말했다. 그런데 이유나 근거를 잘 들지 않았다. 설사 든다 하더라도 주장과 동떨어진 얘기를 했다. 처음 몇 번은 웃고 지나갔다. 시간이 지날수록 그 친구가 발표할 때는 짜증이 났다. 안 했으면 좋겠다는 생각이 들었다. 아니나 다를까 다른 친구들도 나와 같은 생각이었나 보다.

 한 번은 학급회의 시간에 그 친구가 손을 드니까 옆에 있던 친구들이 발표하지 말라고 옆구리를 쿡쿡 찔렀다. 심지어 어떤 친구는 "야야, 말아라, 너 좀 안하면 좋겠다."라고 했다. 결국 그 친구는 책상에 얼굴을 대고 울었다. 안타까웠다.

그 친구는 자기 나름대로 열심히 했다. 하지만 그 친구는 주장을 말할 때 어떻게 해야 하는지를 잘 몰랐다. 이처럼 우리 주변에는 제대로 말하지 못하는 사람들이 있다. 제대로 말한다는 것은 내 생각이나 느낌을 내가 마음먹은 대로 전달하는 것이다. 전달방법인 발음의 명확성을 말하는 것이 아니라 말하는 내용, 즉 주제를 청중에게 제대로 전달하는 것을 말한다.

그렇다면 스피커가 청중에게 제대로 전달을 하려면 어떻게 해야 할까?

논리적으로 말을 해야 한다. 신문사 기자들이 쓴 글은 누가 읽어도 쉽게 이해가 된다. 그들은 기본적으로 육하원칙에 따라서 기사를 쓴다. 누가, 언제, 어디서, 무엇을, 어떻게, 왜. 그러면 구체적이고 정확하게 표현할 수 있는 것이다. 그리고 인과 관계를 정확하게 설명을 하면 더 잘 이해할 수 있다. 즉 내 주장이 왜 타당한지를 설명할 수 있어야 한다. 갑자기 아들이 학교를 못 가겠다고 하면 당신은 어떻게 할 것인가? "그래 가지 마" 라고 바로 허락하는 부모는 아무도 없을 것이다. 아이가 왜 그런 말을 하게 됐는지 이유와 상황을 확인할 것이다. 아들이 온 몸에 열이 나고 머리가 아파서 못가겠다고 하면 하루 쉬라고 할 수 있다. 왜냐하면 근거가 타당하기 때문이다.

많은 청중을 대상으로 하는 말하기에서는 이것이 더 필요하다. 다른 사람이 모두 믿을 수 있는 명확한 근거를 들어야 한다. 그럴 때는 구체적인 사실, 사례, 통계자료, 방송보도, 권위자의 증언, 특별한 경험, 가치관 같은 것들을 근거로 사용하면 좋다.

또 제대로 말을 하려면 체계적으로 말을 해야 한다. 사람들의 야기를 듣다보면 오랫동안 이야기를 해도 그 사람이 무슨 이야기를 했는지 기억에 남지 않는 경우가 있다. 이것은 문장이 너무 길고 횡성수설하는 경우다. 내가 말하고자 하는 생각을 간단하게 한 문장으로 말할 수 있어야 한다. 생각나는 대로 말을 하는 것이 아니라 중심 생각을 먼저 말하고 그것을 뒷받침하는 내용을 말하면 듣는 사람이 쉽게 이해할 수 있다.

언어란 생각을 담는 그릇이다. 자신만의 생각이 잘 정립되어 있는 사람일수록 말도 논리정연하게 잘하는 법이다. 언어생활은 가정에서부터 시작된다. 논리적 사고를 키우려면 가정에서 부모가 일방적 가치를 강요하지 않는 것이 중요하다. 반대로 생각은 있고 논리는 있지만 표현을 못하는 사람이라면 발음 발성 훈련을 배워서 자신감 있게 말을 하게 하면 된다.

사고력을 키우기 위해서는 독서를 많이 해야 한다. 책을 읽으면서 내용을 내 삶과 연관 지어 생각하거나 실제 사물과 관련지어 읽는 연습을 할 때 우리의 사고는 깊고 넓어진다. 쉽게 툭툭 튀어나오는 생각들을 놓치지 않고 잡아서 아이디어를 확장하고 이를 배열하고 다듬고 많이 생각해야 하는 것이다. 말하기에서 중요한 것은 전달방법이 아니다. 그것보다 훨씬 더 중요한 것은 청중에게 전하고자 하는 내용 즉 콘텐츠이다. 콘텐츠를 만들려면 많은 경험으로 에피소드를 얻고 사고력을 키워야 한다. 매사에 신경을 써서 관찰하고 독서를 통해 생각의 깊이와 폭을 확장하기 바란다.

삼천포에 가고 싶은가? 그렇다면 버스타고 기차타고 즐거운 마음으로 가보라. 아름다운 항구 도시가 두 팔 벌려 당신을 환영할 것이다. 단 말하기에서는 삼천포로 빠지지 말자. 피터 드러커가 규정했듯이 인간에게 가장 중요한 능력은 자기표현능력이다. 아무리 똑똑해도 제대로 말하지 못하면 허당이다. 논리적으로, 체계적으로 말을 하자. 내가 마음먹은 대로 나의 생각이나 느낌을 제대로 전달하자. 사람들의 집중과 관심을 한 몸에 받는 멋진 순간을 느낄 수 있기를 바란다.

04

다가오는 스피치 시대를 준비하라

"물렀거라. 사또 나가신다. 길을 비켜라." 외치면 누군가는 "저거, 또라이 아이가"라며 쳐다 볼 것이다. 그런데 "물렀거라. 스피치시대 나가신다. 길을 비켜라!"라면 고개를 끄덕이며 호응해 주는 사람이 많을 것이다. 이제 곧 스피치 시대가 온다.

모든 스피치는 가정에서부터 시작된다. 가정에서 부모와 형제 사이에 자신의 의사표현을 정확하게 하고 소통하는 연습을 꾸준히 하는 사람은 밖에서도 원만하게 잘한다. 개중에는 탁월한 실력을 보이기도 한다. 과거에 우리의 환경은 말하는 문화나 토론하는 문화가 아니었다. 부모가 야단칠 때 말없이 듣고 있어야 했다. 학교에서도 선생님에게 질문하기가 쉽지 않았다. 약간 엉뚱한 질문이라도 하면 혼나기 일쑤였다. 대학에서도 교수가 일방적으로 말하고 학생은 듣기만 할 뿐이니 스피치를 배우거나 연습할 기회가 거의 없었던 것이다.

"선아, 니가 아 못 낳는다고 구박 받으믄 우짜노. 걱정 많이 했다. 정말 잘됐다."

"아이구야, 그 동안 내가 부아가 나서 죽는 줄 알았다. 이집 가도 아 저 집 가도 아, 너거 보다 늦게 결혼해도 아만 잘 낳던데 인자 내가 큰소리치고 다니겠다. 고맙다!"

임신했다는 사실을 알고 친정엄마와 시댁 어머니가 하신 말이다. 나는 아들을 기다리다가 기다리다가 하나님께 떼를 써서 결혼 5년 만에 얻었다. 그러니 내게는 정말 소중했다. 그래서 대화를 참 많이 했다. 무엇이든지 관심을 갖고 물어보고 질문하고, 아들이 질문하면 대답하고 진짜 소통을 했다. 아들은 성격이 차분하고 온순하다. 대화가 잘 된다.

그런데 딸은 내가 신경을 많이 못 써줬다. 똑 소리 나고 뭐든 잘하는데 고집이 많이 세다. 사이좋게 이야기 하다가도 어느 새 북북거리고 잘 다투었다. 하지만 딸과 나는 의견충돌이 있긴 해도 어느 모녀지간보다 친하다. 그런데 남편 눈에는 그렇지 않았나보다. 나랑 딸이 대화를 하면 "너거는 와 만날 싸우노?" 할 때가 많다. 남편은 내가 딸보다는 아들을 많이 챙긴다고도 한다. 그래서 그런지 남편은 딸을 더 많이 챙기고 이야기도 하며 자상하게 대해 준다. 어쨌든 부모 중 한 명씩이라도 아이들과 대화하고 챙길 수 있으니 다행이다.

보통 이 세상에서 제일 무서운 사람은 중2라고 하고 제일 무서운 병도 중2병이라고 한다. 그만큼 사춘기의 청소년들이 질풍노도의 시기를 겪고 있어 그 감정의 변화와 폭이 심하고 대화가 잘 안 된다는 것이다. 그런데 나는 중1이 제일 무서웠다. 아들의 사춘기 절정이 중1이었기 때문이다. 그때는 걸핏하면 서로 큰소리를 냈다. 아들도 울고 나도 울고 많이 힘들었다. 대중을 상대로 말을 하는 직업을 갖고 있다는 엄마가 아들의 마음 하나 읽지 못하고 화내고 큰소리친다는 것이 한심하기까지 했다. 그래서 맘을 내려놓고 지켜보기로 했다. 그렇게 시간이 지나니 아들은 점점 안정을 찾았다. 지금은 오히려 대화의 파트너를 지나 멘토라 할 정도로 내게 많은 감동과 도움을 주기도 한다.

두어 달 전에 나는 내 꿈을 이루고 싶은데 비용이 많이 들어서 어떻게 해야 할지 모르겠다며 아들에게 속내를 털어 놓은 적이 있다. 그런데 아들은 내 꿈을 응원해 주었다. 엄마가 하고 싶은 일을 하라고. 이것이 정말 마지막이다 생각하고 최선을 다해서 하면 멋진 결과가 있을 것이라고. 그 때 나는 너무 기뻤다. 아들이 정말 든든하게 느껴졌다. 아들이 어느새 나를 위해 조언을 해 주는 어른으로 성장하고 있다는 것에 놀라움과 기쁨의 감정이 동시에 들었던 것이다.

딸은 올해 중학교에 입학했다. 초등학교를 졸업할 때 나는 딸에게 이렇게 말했다. "언아, 이제부터 너랑 친구 하고 싶어. 중학교 가면 엄마에게 학교에서 있었던 이야기도 하고 친구 이야기도 해 줘. 네가 어떻게 하루하루를 생활하는지 궁금해." 딸은 고개를 끄덕이며 "알았어. 나이 많은 친구가 생기네. 하하하" 하며 즐거워했다. 그리고 실제 학교생활에 대해서 많은 이야기를 해 준다. 선생님 이야기, 점심이야기, 친구이야기와 동아리 이야기 등.

한 번은 자기 친구 중에 영희(가명)가 손에 칼을 대서 핏줄을 끊으려고 했다는 것이다. 자기는 하기 싫은데 엄마가 공부하라는 것이 너무나 싫어서였다고 한다. 깜짝 놀랐다. 또 어제는 카카오 톡을 보며 한 친구가 집에 들어가기 싫어한다고 했다. 왜 그러느냐고 물었더니 자기가 살이 쪘는데 운동도 안하고 누워 있자 엄마가 심하게 욕을 해서 뛰쳐나왔다는 것이다.

아들과의 경험과 딸의 이야기를 들으면서 가정에서의 대화, 부모와 자식 간의 스피치가 얼마나 중요한가를 다시 한 번 생각하게 되었다. 나는 아들과 딸에게 전화를 하기도 하지만 문자를 자주 보낸다. 그럴 땐 그들의 말투를 사용하기도 하고 그들의 수준에 눈높이를 맞추려고 한다. 엄마라고 폼 잡거나 무게를 잡으려고 하지 않는다. 사랑한다는 말을 자주 해 준다. 평소에 공부보다는 정말 하고 싶은 것을 하라고 격려해 주기도 한다. 내 아이들이 정말 행복하게 살았으면 좋겠다.

인간에게 가장 중요한 능력은 자기표현 능력이다. 이것은 주로 말로 나타나게 된다. 가정에서부터 또래 친구, 그룹 멤버들과 대중에게 모든 것을 말로 표현하게 된다. 특히 요즘은 대학입학 시험이나 회사 입사시험에서 면접의 중요성이 커졌다. 필기점수가 아무리 좋아도 면접에서 자기의 생각을 제대로 표현하지 못해 떨어지는 경우가 많은 것이다. 특히 직장인들은 부서회의를 비롯한 소규모 회의를 많이 한다. 거기서도 당당하게 자기주장을 펴고 말 잘하는 사람이 환영을 받는다. 프레젠테이션도 해야 되고 사원을 모아놓고 진행도 해야 되고 이래저래 말을 못하면 안 되는 경우가 많다.

반대로 프레젠테이션을 잘하거나 말을 잘하면 승진의 기회도 주어지고 사람들에게 환영을 받는다. 어느 날, 후배 중의 하나가 말하기 기법을 전수받고 싶다고 했다. 이유를 물었더니 승진을 하려면 말하는 실력이 많이 좌우를 하더라는 것이다. 나는 그를 도와주고 싶었지만 당시에 다른 일들이 많아서 그에게 도움을 줄 수가 없어서 안타까웠다.

그리고 초등학교 중학교 동창인 한 친구를 몇 십 년 만에 동창회에서 만났다. 그 친구는 어린 시절 정말 수줍음이 많아서 여학생만 보면 얼굴이 빨개졌었다. 그런데 말을 너무 잘해서 놀랐다. 그래서 어떻게 이렇게 말을 잘하느냐고 물었더니 내 앞이라서 잘한다고 농담을 했다. 그리고 덧붙이는 말이 대학 평생교육원 같은데 등록해서 말하기 수업을 꾸준히 들었다는 것이다. 그 친구의 노력이 가상했다.

　시간이 되어 그가 초등동창회 회장으로 무대에 나갔다. 오프닝에서 청중을 집중시키기 위해 게임을 하고 선물을 나누어 주었다. 그러자 모든 친구들의 눈이 그에게 쏠렸고 몇 분 동안 우리는 즐거움을 만끽했다. 또 그 친구는 총회를 진행할 때도 아주 깔끔한 진행 실력을 보여 주었다. 다른 역대 회장 때보다 훨씬 분위기가 좋았고 즐거운 자리를 만들어 준 것이다. 그 친구를 보면서 역시 준비된 스피치는 다른 사람을 즐겁게 하고 스피커 자신을 빛나게 한다는 것을 실감했다. 현재 이 친구는 다니는 회사에서 중역으로 열심히 일하고 있다.

　직장에서 아무리 능력이 있어도 프레젠테이션 능력이 없으면 승진하기 어렵다. 좋은 경험 에피소드가 아무리 많아도 에피소드를 면접에서 말하지 못하면 합격을 보장 받을 수 없다. 아무리 따뜻한 마음을 가지고 있다 해도 그것을 말로 표현할 수 없다면 상대에 그 마음을 전달할 수가 없다.

　살아가는 모든 순간이 스피치다. 생활하는 모든 영역에 스피치가 필요하다. 말이 실력이다. 성공하기 위해서는 스피치와 친해야 한다. 스피치를 즐겨야 한다. 요즘은 부모도 깨어있어 아이들과의 대화가 얼마나 중요한지 안다. 가정에서부터 가족끼리 제대로 된 스피치를 하는 것이 중요하다. 상하의 개념이 아니라 평행의 개념으로 서로 존중하며 마음을 터놓는 진정한 스피치의 참모습을 아이들에게 보여 주는 게 중요하다. 스피치는 가정에서 출발하여 사회로 나아간다. 집에서 말 잘하는 아이들이 밖에 나가서도 말을 잘한다. 스피치 시대를 반갑게 만나자.

05

말하기 기술은 가슴 뛰는 인생 2막으로 이끈다

태초부터 신은 계셨다. 나에게 그 신은 하나님이다. 하나님은 그의 형상을 따라 인간을 만드시고 생기를 불어넣어 주셨다. 당신의 사랑을 깨닫고 느끼며 살라고 그는 나를 지으시고 이 땅에 보내셨다. 그러므로 나는 존귀한 자다. 내가 그 분을 믿음으로 그의 자녀가 되었고 자녀의 권세를 누리며 살 수 있게 되었다. 감사하게도 그분은 내게 노래, 체육, 미술, 말하기 등 많은 재능을 주셨다. 그 중에서도 말하기가 제일 돋보이는 재능이다.

나는 6년 전쯤 지금 사는 곳으로 이사를 왔다. 전세에서 벗어나 시부모님이 사주신 집에서 편하게 살게 되었다. 2층으로 된 단독주택이다. 2층은 세를 주고 1층은 우리 네 식구가 사용하고 있다. 옥상에 텃밭을 만들어서 여러 가지 채소를 키운다. 상추, 고추, 방울토마토, 깻잎, 부추, 가지 등을 심는다. 철따라 재배한 다양하고 싱싱한 야채를 얻을 수 있다. 감자와 고구마, 마늘도 심어서 수확한다. 많은 양은 아니지만 종류별로 심어서 맛보는 즐거움이 쏠쏠하다. 아이들도 직접 심은 것이라 맛나게 먹는다. 흙이 있고 채소가 있으니 이름 모르는 벌레들, 나비, 벌, 새들도 날아온다. 아이들이 텃밭을 바라보며 신기해하는 모습도 예쁘다. 단독주택에 살기 때문에 누릴 수 있는 소소한 재미와 행복이다.

특별히 소개하고 싶은 것은 다락방이다. 우리 집에는 딸의 방에서 드나들 수 있는 작고 아담한 다락방이 있다. 나는 이 소박한 다락방이 참 좋다. 내 책과 아이들의 책을 꽂아둔 책꽂이가 여러 개 있다. 창문을 열어 놓으면 뒷집에서 심은 나무들이 살랑이고 시원한 바람이 불어와 시심을 더해 주곤 한다. 나는 이곳 다락방에서 이지성의 꿈꾸는 다락방을 읽었다.

R=VD!

생생하게(vivid) 꿈꾸면(dream) 이루어진다(realization).

이 다락방에서 '나의 꿈을 기록하고 나의 꿈을 이루자!' 라는 생각이 불현듯 들었다. 종이를 꺼내서 나의 꿈 몇 가지를 적었다.

1. 프리아나운서 MC로 일을 많이 따자.

2. 작가가 되자.

3. 유명한 강연가가 되자.

다락방 벽에 붙여 놓았다. 매일은 아니지만 시간이 있을 때마다 올라와서 소리 내어 말하며 시각화했다. 나는 새벽에 일어나 성경책을 보거나 독서를 하고 시를 쓰기도 했다. 그리고 행사사회를 위한 원고를 쓰기도 하고 그것을 암기하며 연습하기도 했다.

지금은 그 어느 때보다 더 열정적으로 다락방을 이용하고 있다. 이곳에서 거의 하루를 보내다시피 하며 책을 쓰고 있는 것이다. 나는 날마다 내 책이 출간되는 모습을 상상한다. 내가 큰 무대에서 사람들에게 강연을 하고 사람들이 열광하는 모습을 시각화 하고 있다.

꿈을 이루기 위해 포기하지 않고 노력한 사람은 아주 많다. 가까이 나의 아버지는 아주 향학열에 불탄 분이었다. 내가 유, 초등시절 아버지는 공책에 한자를 적어 주시면서 공부할 수 있게 도와 주셨다. 오늘날의 학습지 선생을 자처하신 것이다. 동네 이장을 오래 하셔서 우리 집에 신문이 항상 왔는데 아버지는 그걸 읽으시고 말씀해 주시곤 하셨다. 그리고 동네에서 유일하게 라디오가 있어서 뉴스를 청취하며 전국이 돌아가는 것을 파악하셨다. 아버지 는 나이 65세에 운전면허 공부를 하셨다. 처음에는 떨어지셨지만 세 번 만에 합격을 하셨다. 동네 어르신들 중에 유일하게 획득하신 것이다. 아버지가 운전면허를 따셨다는 이야기를 듣고 그 감동이 얼마나 컸든지 가슴이 활활 타오르는 것 같았다.

아버지는 또 갑장 몇 분과 모여서 게이트볼을 배우기도 하셨다. 그리고 면 대표로 대회도 나가시곤 했다. 나이가 더 들어서는 군에서 운영하는 노인대학을 다니셨다. 농사짓다가 할 일 없으면 집안에 가만히 머물거나 잡담하는 것이 아니었다. 무엇이든 배울 곳이 있다면 찾아서 다니셨다. 백혈병으로 돌아가시기 전까지 아버지는 계속해서 배움을 향유하셨다. 가끔씩 시골 가면 아버지의 트럭을 타고 좁은 산길을 다니며 도란도란 이야기하던 것이 엊그제 같은데 아버지는 본향으로 가셨다. 내 가슴에 따뜻한 사랑과 열정, 그리움을 남기신 채.

나는 일주일에 두 번씩 복지관에서 어르신 대상 한글 수업을 한다. 이분들은 농사일을 하거나 노인일자리 등 여러 일을 하면서 출석하고 있다. 한글을 제대로 배우지 못해서 천추의 한이라는 분이 있다. 며느리에게 부끄럽지 않기 위해 오시는 분도 있고 손주에게 책을 읽어주고 싶어서 오는 분도 있다. 각자의 생각으로 오지만 그분들에게 공통점이 있다. 바로 배움에 대한 열정이다. 나는 이런 분들을 보면 가슴이 뛴다. 배우기 위해서 모든 것을 뒤로 하고 올 수 있다는 것 자체가 정말 아름답고 대단한 것이다. 이들을 보면 가슴 뭉클한 감동을 받는다. 꿈을 그리고, 목표를 세우고 그것을 실현하기 위해 노력하는 모습만큼 아름다운 것은 없다.

오랜 세월이 흘러도 나는 말하기에 대한 꿈을 포기하기 않았다. 힘든 환경 속에서도 꿈을 이루기 위해 노력해 왔고 그 일을 하고 있다. 몇 년이 지난 지금, 다락방에 붙여 놓았던 나의 꿈 중에서 첫 번째 꿈은 이루어졌다. 내가 대중 앞에서 해온 스피치는 주로 음악회 사회나 행사진행 사회였다. 음악회 사회나 행사사회는 나이가 많이 들면 할 수 있는 기회가 줄어든다. 그 일은 외모가 많이 차지하기 때문이다. 섭외하는 쪽에서도 아무려면 젊고 상큼한 젊은 사람을 선호하기 마련이다. 그러나 나는 지금 그 반대의 경험을 하고 있다. 나이가 들수록 나를 찾는 단체가 많아지고 내가 행사를 진행하는 건수가 많아진 것이다. 앞으로 진행자로서 더욱 활발한 활동을 할 것이다. 더욱 몸값 높은 진행자가 되기 위해서 퍼스널 브랜딩 하고 있다.

나는 2015년에 시인으로 등단을 했다. 그리고 등단지를 비롯해서 여러 문학책에 시들이 실렸다. 조만간 시집을 낼 것이다. 그리고 이미 자기계발서 분야에 한 권의 공저도 썼다. 이제 나는 개인저서를 쓰고 있다. 그러므로 나는 작가의 꿈도 이루었다. 이제 조금 있으면 내가 쓰고 있는 이 말하기 기술 책이 세상에 나온 게 된다. 나는 이 개인저서 출간을 통해 베스트셀러 작가를 꿈꾼다. 지속적으로 책을 쓸 것이다. 그리고 강연가로 활동영역을 넓혀 전국에 내 이름을 알리며 강연을 할 것이다. 현재 뜨고 있는 강사들처럼 하나의 주제를 가지고 내 철학과 생각과 에피소드를 곁들여 사람들에게 희망을 주는 강연가로 살 것이다.

당신이 이 책을 읽고 있을 때 이미 나는 유튜브에서 인기강사가 되어 있을 것이다. 여러 기관에 초빙되어 한창 주가를 올리며 명 강의를 하고 있을 것이다.

앙드레 말로는 "오랫동안 꿈을 그리는 사람은 마침내 그 꿈과 닮아간다."라고 말했다. 그리고 웨인 다이어는 『확신의 힘』에서 "이미 이루어진 것처럼 상상하라! 이미 이루어진 것처럼 살아라! 이미 이루어졌다!" 라고 했다. 된다된다 외치며 믿고 행동하면 그대로 이루어진다. 성경에서도 "네 믿은 대로 될지어다" "믿음은 바라는 것들의 실상이요 보지 못하는 것들의 증거" 라고 했다.

지금이 최적기다. 결정하는 것도 도전하는 것도 나이므로 내가 그렇게 생각하기 때문이다. 그 동안의 모든 노하우를 바탕으로 대중 강연가로 가슴 뛰는 인생 2막을 살려고 한다. 사람들에게 희망을 주고 삶의 길을 인도하는 영향력 있는 강연가로 말이다. 나를 지으시고 이 땅에 보내신 그분의 강력한 힘을 나는 믿는다. 빛나는 인생 2막의 성공을 확신하며 자작시 '끝없이 흐르는 강물처럼' 의 일부를 그분께 올린다. 이제 새롭게 피어난 나는/오직 당신의 것이오니/환하게 비추는 당신의 빛으로/빛나게 하소서

06

억대 수입을 올리는 프로강사가 되라

주변에 영업을 하는 사람이 많다. 친구들을 비롯해서 교회 집사님들, 올케 언니조차도 보험영업을 했었다. 영업은 참 힘들다는 게 공공연하게 알려진 사실이다. 그런데 그 일이 잘 맞는 사람이 있다. 아주 의욕적으로 즐겁게 일하며 월급도 억대 연봉인 사람들 말이다.

나는 실버 자격증을 따기 위해 두어 달 공부를 한 적이 있다. 그 때 같이 공부했던 친한 언니가 그 수업을 마치고 모 회사 보험설계사로 일을 하고 있다. 한 번은 전화가 와서 언니를 만났다. 그녀는 나에게 보험을 해보라고 했다. 자기는 벌써 몇 백을 번다면서 나의 말하는 직업과 열정 정도면 큰돈을 벌 수 있을 것이라고 했다. 그런데 나는 영업에는 자신이 없었다. 몇 번 따라가서 윈윈하긴 했지만 나랑 맞지 않다고 정중하게 얘기했다.

　암웨이를 하는 사람도 많다. 내게 책읽기 수업을 받았던 아이의 어머니와 영어 과외선생님, 그리고 아는 교수님 모두가 나에게 암웨이를 해보라고 권유했다. 역시 나는 그 일이 내게 맞지 않다며 거절을 했다. 남이 보기에 내가 잘할 것 같다고 해서 덤벼드는 일은 성공할 확률이 크지 않다. 내가 진짜 하고 싶은 일을 찾아 매진할 때 성공확률이 높은 것이다.

　나는 아이들 가르치는 일을 20년 넘게 해왔다. 남편과 함께 웅변학원을 10년 이상 운영했다. 그런데 학원이 우후죽순처럼 들어섰다가 하루에도 몇 개씩 사라지는 모습을 보니 걱정이 되었다. 차라리 정부지원을 받는 어린이집을 운영하는 게 낫겠다 싶어 보육교사 자격증을 땄다. 나는 반일 반으로 일하면서 프리아나운서 및 MC로서의 활동을 계속 했다. 그리고 초등학교 스피치나 문화센터. 중학교 자유학기 책출판 강의, 도서관과 복지관 등에서 어른 수업을 하기도 한다.

　이 책을 쓰기 전인 작년 12월부터 나는 한 어린이 집에서 종일반 교사로 일을 했다. 3개월 계약을 하고 올해 다시 재계약을 하기로 했다. 원장님의 사랑과 배려로 나는 아주 즐겁게 열심히 일을 했다. 그런데 시간이 지날수록 처음 약속했던 일들이 잘 지켜지지 않았고 둘 사이에 틈이 생기기 시작했다. 어린이집에 대한 관심과 애정이 점점 식었다. 그러자 내 속에 있는 '나' 가 "진짜 하고 싶은 것은 이 일이 아니잖아!"라고 외쳤다. 이참에 진짜 내가 하고 싶은 일을 선택해야 한다고 생각했다. 그래서 무대에서 행사진행하고 대중 앞에서 강연하는 일, 책을 쓰는 작가로서의 삶을 살아야겠다고 확실하게 다짐했다.

그리고 바로 행동에 옮겼다. 일단 내가 하는 프리아나운서 MC 일을 브랜딩할 수 있는 길은 책을 쓰는 일이라고 판단했다. 그래서 1월 11일 부터 매주 목요일 7주과정의 책 쓰기 수업에 참여했다. 하루 종일 일하고 밤에 순간순간 과제를 하며 7주 동안 창원에서 분당까지 오르내렸다.

목요일만 되면 12시 반까지 어린이집에서 일을 하고 집에 들러 가족들 저녁상을 차렸다. 2시 20분 분당 행 고속버스를 타고 가면 잠이 저절로 쏟아졌다. 그러나 정신을 차려서 토론수업을 위한 책읽기 과제를 마저 하곤 했다. 6시 반에 분당에 도착해서 터미널에서 간단하게 식사를 한 후, 지하철을 타고 수업장소에 가면 7시 반이다. 8시부터 10시나 10시 반에 수업이 끝나면 질문도 하고 동기들과 못 다한 이야기를 했다. 그리고 다시 택시를 타고 서울 강남고속버스터미널로 이동해서 밤 12시 20분 심야버스를 탔다.

창원에 도착하여 집에 와서 화장을 지우면 5시였다. 1시간 남짓 눈을 붙이고 남편 출근을 도우면 6시 반, 그 후 바로 아이들 아침준비. 아침을 먹는 둥 마는 둥 나는 다시 어린이집에 출근을 했다. 금요일은 정말 피곤하고 힘들었다. 아이들 보육부터 일지와 기타서류까지 열심히 했다. 하고 싶은 일을 하는 것이기 때문에 강한 믿음과 의지로 버텼다.

그런데 원래 몸이 좀 약했던 나는 일이 년에 거의 한 번씩 하는 심한 감기몸살에 걸리고 말았다. 목이 따갑고 가슴 밑바닥에서 올라오는 기침이 나를 견디지 못하게 했다. 책 쓰기 과제를 해야 되는데 몸이 비실비실하니 제대로 할 수가 없었다. 책 쓰기 수업을 미룰까 포기할까 수십 번 더 고민하다 겨우 출석을 했다. 그러다가 4주째, 경쟁도서를 안 샀다고 대장한테 심한 독설을 들었다. 눈앞이 캄캄하고 대장이 그렇게 미울 수가 없었다. '자존심 빼면 아무것도 없는 난데 왜 하필 나야? 그것도 모두가 있는데서?' 독기가 발동했다. 한편으로는 자존심 강한 내 성격을 파악하고 내가 약해지려는 것에 일침을 놓았을 수도 있다는 생각이 들기도 했다. 이렇거나 저렇거나 그 독설은 내게 약이 되었다.

그날 집으로 돌아온 나는 경쟁도서 몇 십 권을 당장 주문했다. 그리고 주말에 거의 읽어버렸다. 꼭지가 다 정해지고 필요한 자료를 정리하면서 서서히 글을 쓸 준비가 돼 갔다. 6주부터 나의 몸은 거의 정상이 되었고 마지막 수업 때는 다 나았다. 그리고 2월 말까지 일을 하고 어린이집을 그만두었다.

육체적으로 정신적으로 엄청난 스트레스를 받았던 원인들에서 해

방이 되니 너무 좋았다. 원장과 감정의 골이 깊었지만 좋은 게 좋은 것이라는 명언을 생각하며 모두 좋게 끝냈다. 이젠 자유다. 내가 원하는 책 쓰기에만 집중하면 되는 일이니까. 지금 나는 계약만료로 실업급여를 받으며 열심히 책 쓰는 일에만 전념하고 있다. 실업급여까지 받으며 편하게 책을 쓸 수 있으니 오히려 원장께 감사하다.

보험영업, 암웨이 영업, 어린이집 교사와 원장 다 내게는 맞지 않았다. 내가 즐겁게 할 수 있는 일이 아니다. 나름 재미와 보람도 있지만 온전히 내가 하고 싶은 것은 아니다. 차선책으로나 선택할 수 있는 일들이다. 사람은 가슴이 시키는 진짜 하고 싶은 일을 해야 행복하다. 그 일을 통해서 보람을 느끼고 삶을 의미 있게 만들어 갈 수 있는 것이다.

내가 진짜 하고 싶은 일은 따로 있다. 바로 책을 쓰고 스피치를 하는 것이다. 여기서 스피치는 강연을 말한다. 물론 무대에서 프리아나 운서로 MC로 청중을 만나는 일은 열심히 하고 있고 앞으로도 할 것이다. 그러나 이 일은 시간이 지나고 나이가 더 들면 하기가 힘들다. 책 쓰기와 강연은 나이가 들고 삶의 연륜과 경험이 쌓일수록 그 진가를 확실하게 발휘할 수 있는 일이다. 그래서 삼십대 중반부터 꿈꾸어 왔던 책 쓰기와 강연가로 살려는 것이다. 그것도 억대 수입을 올리는 프로강사로 말이다.

억대 수입을 올리는 프로강사는 많다. 국내에서는 김미경, 김창옥, 설민석 같은 강사가 있다. 그리로 전 세계로 눈을 돌리면 오나폴레온 힐, 닉부이치치, 이노우에 히로유키 등이 있고 오프라윈프리, 오바마 등도 있다. 내 주변에 몇 명의 사람들이 억대 수입을 올리고 있다.

그런데 그들은 모두 강의만 하는 것이 아니다. 먼저 책을 쓰고 책을 통해 강연의 길로 들어섰다. 한 권의 저서를 쓰기 위해서는 적어도 백 권의 책을 읽는다. 그러면 그 분야의 전문가가 된다. 전문가가 되면 기업이나 단체에서 작가의 이야기를 더 생생하게 듣기 위해 강연 요청이 들어온다. 또 책을 읽은 독자들이 메일을 보내거나 문의 전화를 한다. 그러면 사람들을 모아 놓고 세미나를 열 수도 있다. 더 관심이 많은 사람들에게는 직접 만나서 컨설팅을 해 줄 수도 있다.

책 쓰기 – 강연 – 세미나 – 컨설팅 – 일인 창업! 이런 순차적인 과정은 정말 기막힌 과정이다. 여기에 SNS나 까페, 유튜브 등을 함께 운영하는 것은 그야말로 억대 수입을 올릴 수 있는 탁월한 방법이다. 평범한 사람이 억대 수입을 올릴 수 있는 수익창출의 추월차선이다. 평범한 직장인, 가정주부, 나이가 드신 분 등 누구나 억대연봉을 올리는 프로 강사가 될 수 있는 것이다.

당신은 현재 당신의 수입에 만족하는가? 아니면 나는 돈이 더 필요하고 돈을 더 벌어야겠다고 생각하는가? 소심하고 가난하고 찌질한 현재의 삶에서 벗어나 남들이 부러워하는 삶을 살고 싶은가? 그러면 당장 책을 쓰길 바란다. 책을 써서 출간을 하면 강연요청이 들어오고 세미나와 컨설팅 등을 통해 억대 수입을 올릴 수 있다. 지금보다 더 업그레이드된 멋진 삶을 살고 싶다면 지금 당장 책 쓰기부터 도전하라. 책을 쓰고 강연을 하고 내가 말한 모든 과정을 활용한다면 당신은 분명 억대 수입을 올리는 프로강사가 될 수 있다. 도전하는 자! 바로 당신이 억대수익을 올리는 주인공이 될 것이다.

07

스피치가 당신의 운명을 바꾼다

나는 어렸을 때 아주 부끄러움이 많았
다. 모르는 사람을 만나면 얼굴이 화끈거리고 인사를 잘하지 못할 정
도였다. 그래도 입이 야물다는 말은 많이 들었다. 학교에 들어가서는
발표를 곧잘 했다. 내가 반드시 말을 해야 할 때는 똑똑하게 말을 했
다. 그래서 학급이나 전교회 임원을 하기도 했다. 하지만 천성적으로
부끄러움이 많은 것은 버릴 수가 없었다.

겁도 참 많았다. 스무 살이 넘은 어느 날, 꽃 장식을 전문으로 하는
권사님을 만나러 간 일이 있었다. 그런데 사무실이 20층이 넘는 곳에
있었다. 나는 그 당시에 엘리베이터를 한 번도 타보지 않았다. 어떻게
타야 하는 지도 몰랐고 또 눌렀을 때 밑으로 떨어지면 어쩌나 하는 생
각이 들어 엘리베이터를 포기했다. 그 높은 사무실을 걸어서 올라가

고 말았다. 권사님 사무실 앞에서 숨을 몰아쉬며 한참을 헉헉거렸다. 문을 열고 들어가서도 가쁜 숨을 몰아쉬자 권사님이 이유를 물었다. 그래서 여차여차 말을 했더니 천연기념물이라며 웃었다.

　가난했던 나는 커서 돈을 많이 벌어서 고생하는 부모님께 꼭 호강을 시켜드리고 싶었다. 힘들게 사는 사람들을 보면 부모님 생각이 나서 언제나 가슴이 찡했다. 그래서 공부를 열심히 해야겠다, 돈을 많이 벌어야겠다는 생각을 늘 하고 있었다.

　중학교 때는 장학금을 받는데, 어느 날 한 친구가 말했다. "역사 선생님이 그러는데 성애에게 장학금 안 주고 채선이 너한테 준 이유는 니가 찢어지게 가난해서래" 내가 전교 4등으로 들어갔는데 나보다 잘한 친구 한 명이 장학금을 못 받았던 것이다. 나는 너무 자존심이 상했다. 그래도 어쩔 수 없었다. 나는 정말 찢어지게 가난했으니까. 다른 친구들이 문구점에서 파는 방울로 머리를 묶을 때 나는 그냥 새까만 고무줄로 머리를 묶었다. 그리고 중학교 3년 내내 거의 단벌 숙녀였다. 상의는 파란색 체육복, 하의는 분홍색 바지였다.

　그러나 나에게는 꿈이 있었다. 아나운서가 되고 싶은 꿈! 9시 뉴스에서 당당하게 뉴스를 알리는 언니가 너무 멋졌다. 얼굴도 예쁘고 똑소리 나게 말하는 모습이 정말 매력적이었다. 그 꿈을 이루기 위해 혼자서 또박또박 소리 내어 책읽기 연습을 했다. 볼펜을 물고 몇 십 분씩 책을 읽었다. 침이 나오면 닦고 또 닦으면서 말이다. 읽기에 탁월한 두각을 나타낸 나를 선생님들은 이내 알아보셨다. 그리고 방송 반을 만들어 내가 방송 반 반장으로 활동하게 해주셨다. 매일매일 곡을 소개하고 음악을 틀어주고 친구들의 사연을 읽어주는 일은 나를 무척 행복하게 했다.

그리고 중 3 때 간 방송 반 여름 캠핑은 아직도 내 가슴에 별처럼 알알이 박혀 있다. 나와 방송 반 담당이신 박동수 선생님과 사모님 그리고 후배 두 명과 함께 했다. 장소는 부전 계곡이었다. 카레를 비롯해 여러 종류의 밥을 해 먹고 물놀이도 했다. 밤에는 박동수 선생님이 대학시절의 이야기나 직접 쓰신 소설 이야기, 어떻게 살아야 하는가에 대한 이야기 등 좋은 말씀을 많이 해주셨다. 풀벌레소리와 싱그러운 여름 풀 내음 그리고 밤하늘에 초롱초롱하게 떠 있는 별들이 너무나 아름다웠다. 돌아오는 날 그 동네에 있는 성자, 은숙이를 만나 같이 기념촬영을 했는데 아직도 그 사진을 가지고 있다.

그렇게 멋지고 찬란하게 중학시절을 보낸 나는 연합고사를 쳐서 마산여고에 입학을 했다. 하지만 여전히 가난했다. 큰언니가 야간고등학교를 다니며 낮에 일을 해서 번 돈으로 네 명이 생활을 했다. 그러니 참고서를 산다는 것은 생각조차 할 수 없었고 삼시 세끼 먹는 것도 힘들었다. 김치로 밥을 먹거나 라면을 자주 먹었다. 어쩌다 계란 프라이를 해서 도시락 아래위로 넣어 주거나 어묵 반찬을 싸주는 날은 정말 행복했다. 가난이 핑계인지는 몰라도 고등학교 때는 성적이 잘 나오지 않았다.

졸업하고 1년 가까이 고향집에 내려가서 마음정리를 했다. 그러나 나는 이대로 내 인생을 포기할 수 없었다. 대학을 가지 않으면 나는 숨어서 지내야 할 것 같았다. 다른 친구들은 당당하게 대학에 입학하는데 나는 왜 하지 못하나? 고등학교 때 입학금을 대주시고 사랑과 믿음을 주셨던 박동수 선생님께도 너무 죄송했다. 그래서 1년간 공장에서 일을 하며 야간에 학원을 다녔다. 그야말로 주경야독! 힘들지만 열심히 이를 악물고 공부를 했다. 그리고 창원대학교에 당당히 입학을 했다. 4년간 장학금을 받고 과외를 하며 무사히 졸업을 할 수 있었다.

나는 기도를 할 때마다 방송선교를 할 수 있게 해 달라고 했다. 목소리로 방송을 하고 싶었던 것이다. 그리고 대학 3학년 때 교회 방송실에서 아나운서로 봉사를 하게 되었다. 방송을 하면서 프로덕션을 운영하는 장로님 눈에 띄어 성우로도 일을 했다. 타 교회 집사님의 소개로 새 신자를 위한 비디오 제작에 내레이션을 맡기도 했다. 또 그 비디오를 만든 곳에서 일이 들어와 몇 년간 성우로서 일을 하며 수입을 올렸다. 그리고 모 방송국 라디오 리포터도 조금 했다. 그 뒤로는 음악회나 행사를 진행하는 프리아나운서와 MC로 활동하게 된 것이다.

출연자들의 긴장 속에/시와 연주와 노래가/가슴에서 울려나고/관중의 박수를 받으며/오롯이 하나 되어/관객들과 함께 웃고/관객들과 함께 울 수 있는/나는 행복한 사람

이것은 자작시 '행복한 사람'의 일부이다. 내가 고향인 함양 문화예술회관에서 음악회 사회를 보고 감격하여 쓴 시다. 나는 무대에 설 때가 좋다. 무대에서 사람들과 소통하는 것이 즐겁다. 나는 대중 앞에서 말하고 나를 드러내는 것이 참 즐겁다. 그래서 무대와 함께 살고 무대와 함께 스러지고 싶다. 그만큼 무대에서 대중을 향해 말하는 것이 행복하다. 특히 음악회 행사를 진행하거나 기타 행사사회를 할 때는 엔도르핀이 팍팍 솟는다. 그 감흥이 며칠씩 가곤 한다. 나는 내가 할 수 있는 한 무대에서, 스피치로 대중을 만날 것이다.

백범 김구 선생의 '세 가지 소원'은 너무나 유명해서 모르는 사람이 거의 없다. 감히 나는 그의 말에 나의 소망을 대입시켜 보겠다. 당신의 소망이 무엇이냐 하고 물으면 나는 서슴지 않고 "내 소망은 오직 스피치요."라고 대답할 것이다. 그 다음 소망이 무엇이냐 물으면 나는 또 "희망을 주는 스피치를 하는 것이오."할 것이다. 또 다음 소망이 무엇이냐 하고 세 번째 물어도 나는 소리 높여 "내 소망은 사람들에게 희망을 주는 스피치를 하는 것이오."라고 대답할 것이다.

나는 아파서 누워 있다가도 사회를 보러 오라고 하면 벌떡 일어나 달려간다. 무대에 서면 아픈 것도 다 달아나고 얼굴에 화색이 돈다. 어깨가 펴지고 아주 당당해진다. 대중 앞에 서고 난 뒤 내 삶이 아주 즐거워졌다. 많은 사람들을 만나고 알게 되어 인맥도 아주 넓다. 한 번 무대에 설 때 시간당 받는 출연료도 높다. 누이 좋고 매부 좋고 꿩 먹고 알 먹고 일석이조다. 아니 일석 삼조 사조다.

스피치는 나의 생명이요 은인이다. 스피치는 사랑스런 나의 애인이다. 스피치는 나의 운명을 바꾸었다. 당신은 내가 부럽지 않은가? 이 일이 부럽지 아니한가! 부럽다면 당장 스피치를 배우고 스피치에 투자하라. 마다할 이유가 없다. 스피치는 당신의 운명도 멋지게 바꿀 것이다.

말하기가 당신을
내면적으로 풍성한 사람으로
만들어 줄 것이다.